시인이 추천하는 명시 100선

시인이 추천하는 명시 100선

초판 1쇄 인쇄 2018년 2월 14일
초판 1쇄 발행 2018년 2월 20일

지은이 라이너 마리아 릴케 외
엮은이 김옥림
펴낸이 임종관
펴낸곳 미래북
신고번호 제302-2003-000026호
주소 서울시 용산구 효창원로64길 43-6 (효창동 4층)
마케팅 경기도 고양시 덕양구 화정로65 (화정동 965) 한화오벨리스크 1901호
전화 02 738-1227 | **팩스** 02 738-1228
이메일 miraebook@hotmail.com

본문디자인 백미애
일러스트 우지연

ISBN 979-11-88794-10-2 03800

시인이 추천하는
명시 100선

A Century of World Famous Poems

라이너 마리아 릴케 외 지음 | 김옥림 엮음 | 우지연 그림

미래북
miraebook

인간의 영원한 삶의 명제인 사랑,
그 아름다운 시를 찾아서

사랑!

사랑은 인류가 지구상에 존재하기 시작한 그 때부터 인류와 더불어 함께 해 지금에 이르렀고, 지구에 종말이 오는 그 날 까지 영원히 함께 할 인간의 근원적인 존재의 가치이자 명제입니다.

사랑 없이 인간은 존재 자체가 불가능하며, 그 어떤 것도 사랑보다 인간을 행복하게 하고 의미 있는 삶으로 이끌어 내지 못합니다.

그런데도 시를 쓴다는 어떤 이들은 시에 〈사랑〉이란 단어만 들어가도 여과되지 않은 감상의 불순물이니 하며 사랑의 존재 가치를 형편없는 것으로 폄하하는 어리석음을 범하고 있습니다. 참으로 고루한 발상이며 들떨어진 생각과 사상의 결핍이 아닌가 합니다.

세계 인류의 역사와 문학, 철학과 사상, 음악과 미

술 등을 총망라한 예술의 주제는 〈사랑〉입니다. 사랑은 삶의 근원이자 모든 예술의 목표입니다.

세계의 명시는 철학적 사유와 사상을 소재로 한 것이 아닌, 다양한 사랑을 소재로 하고 있습니다. 이 시선집엔 동양최초의 노벨문학상 수상시인인 타고르를 비롯한 독일의 시성 괴테, 릴케와 하이네, 영국의 시인 셸리, 러시아 민중시인 푸쉬킨, 칠레 외교관 시인 파블로 네루다, 미국의 유태인 출신 시인 사무엘 울만 등의 주옥같은 명시들이 매혹적 향기를 뿜어내고 있습니다.

인터넷과 각종 미디어의 영향으로 시가 점점 설자리를 잃어가고 있습니다.

인간본향의 근원인 사랑을 노래한 아름답고 소중한 시를 통해 메말라가는 감성을 촉촉한 서정의 물줄기로 흠뻑 적셔보십시오. 당신의 삶이 보다 더 행복하고 당신의 존재 가치를 새롭게 발견하게 될 것입니다.

당신이 사랑하는 사람들과 함께 소리 내어 시를 읽어 보시기 바랍니다. 그리고 서로의 사랑을 확인해 보세요.

그런 당신이 가장 아름다운 사람입니다.

햇살 좋은 날
김 옥 림

Contents

머리말

2 그대 눈 속에 내가 있습니다

3 그대는 나의 전부입니다

4 행복한 마음으로 당신을 생각합니다

5 우리 사랑에는 끝이 없습니다

6 그대 향한 내 마음은 사랑입니다

7 그대는 특별한 사람입니다

8 내 마음과 영혼을 그대에게

1

당신을 사랑합니다

한 순간만이라도

- D. 포프헤

단 한순간만이라도
그대와 내가
서로 뒤바뀌었으면 좋겠어요.
그래야 그대가 알게 될 테니까요.
내가 그대를
얼마나 사랑하고 있는 지를요.

고사성어에 역지사지란 말이 있습니다. 서로 입장을 바꾸어서 생각해 보란 뜻인데, 이 말의 의미처럼 서로가 상대방의 마음이 되어 서로를 생각한다면, 상대방의 진심이 무엇인지 그 고통이 무엇인지를 알 수가 있어 서로의 관계를 긍정적이고 아름다운 관계로 이어 나갈 수 있습니다.

이 시에서도 보면 사랑하는 이에 대한 자신의 사랑을 보여주고 싶어 하는, 시적화자의 간절함이 잘 나타나 있어 그 진정성을 더 해 주고 있습니다.

사랑하는 사람에게 인정받고 자신의 사랑을 확인시켜주는 것처럼, 진실 되고 아름다운 일은 생각만 해도 행복한 일입니다.

사랑의 노래

- S. P 슈츠

나의 몸은
사랑의 저녁노을 속에 타오르는
불덩이입니다.
천둥 번개,
그리고 지진이라도
당신에 대한 나의
열정보다는 뜨겁지 못합니다.

나의 심장은
우리의 사랑을 향한
불덩이입니다.
푸른 하늘과 무지개,
그리고 꽃들도
당신에 대한 나의
사랑만큼
아름답지 못합니다.

사랑하는 이를 향한 뜨겁고 열정적인 사랑!

열정적인 사랑은 보는 사람들로 하여금 깊은 감동을 자아냅니다. 그것은 그 사랑이 가지고 있는 순수성과 정열, 그리고 목숨을 걸고 간직할 만큼 가치가 있기 때문이지요.

수잔 폴리스 슈츠의 〈사랑의 노래〉는 열정적이면서도 가치 있는 사랑의 무게를 잘 보여주고 있습니다.

당신도 당신의 불덩이 같은 사랑을 당신이 사랑하는 사람에게 보여주십시오. 당신의 불덩이 같은 사랑으로 당신이 사랑하는 사람은 이 세상 전부를 가진 듯, 벅찬 행복에 사로잡힐 것입니다.

그날이 와도

- H. 하이네

그리운 이여
그대가 캄캄한 무덤 속에 누워 있다면
나도 무덤으로 내려가
그대 곁에 누우리.

그대에게 입 맞추고 껴안으리.
아무 말 없는, 싸늘한 그대
환희에 몸을 떨며 기쁨의 눈물 적시리.
이 몸도 함께 주검이 되리.

한밤에 일으킨 많은 주검들
보얗게 무리지어 춤을 추누나.
우리 둘은 무덤 속에 남아
서로 껴안고 가만히 누워 있으리.

고통 속으로, 기쁨 속으로
심판의 날 다가와 주검을 몰아친다 해도
우리 둘은 아랑곳없이
서로 안고 무덤 속에 누워 있으리.

죽음이 휘몰아쳐도 그 사랑과 함께할 수 있는 사람은 얼마나
아름다운 사람인가요. 죽음으로도 갈라놓을 수 없는 사랑!
그런 사랑은 그 또한 얼마나 고귀한 사랑일까요. 그 사랑 속으
로 들어가 그 사랑의 주인공이 되어 보시지 않으시
렵니까.
그런 사랑의 주인공이 한 번 되어 보세요.

당신이 날 사랑해야 한다면

- E. B 브라우닝

당신이 날 사랑해야 한다면 오직
사랑을 위해서만 사랑해 주세요.
미소 때문에, 미모 때문에, 부드러운 목소리 때문에
그리고 또 나와 잘 어울리는 재치 있는 생각 때문에
그래서 나에게 느긋한 즐거움을 주기 때문에 저 여인을
사랑하노라고…… 이렇게는 정말 말하지 마세요.
사랑이여, 이런 것들은 그 자체가 변하거나
당신을 위해 변하기도 한답니다.
그렇게 잘 짜여 진 사랑은 그처럼 쉽게
풀어져 버리기도 한답니다.
내 뺨의 눈물을 닦아주는
당신의 사랑 어린 연민으로도 날 사랑하진 마세요.
당신의 위안을 오래 받았던 사람은 울음을 잊게 되고
그래서 당신의 사랑을 잃게 될지도 모르니까요.
오직, 사랑을 위해서만 날 사랑해 주세요.

사랑의 영원함을 통해
그대가 언제 까지나 언제 까지나
사랑을 누리실 수 있도록……

미소 때문에, 미모 때문에, 부드러운 목소리 때문에, 재치 있는 생각 때문에, 즐거움을 주기 때문에, 어린 연민으로 사랑하는 사랑은 하지 말고 사랑을 위해서만, 사랑해 달라는 말이 참으로 의미 있습니다.

외적인 조건을 좇아가는 사랑은 그 외적 조건의 충족에서 벗어나면 자연스레 깨지기 쉬운 법입니다. 그러나 사랑만을 위한 사랑은 그 어떤 것으로부터도 자신의 사랑을 지킬 수가 있지요.

사랑만을 위한 사랑, 아, 그 얼마나 아름다운 사랑인가요.

당신은 그 사랑의 주인공이 되길 바랍니다.

손으로 붙잡듯이 심장으로 잡으리

- R. M 릴케

내 눈을 감겨주십시오.
그래도 나는 볼 수 있으리, 그대 모습을
내 귀를 막아주십시오.
그래도 나는 들을 수 있으리, 그대 목소리를
발이 없어도 갈 수 있고
입이 없어도 그대에게 호소할 수 있으리.
내 팔을 꺾어주십시오.
그래도 나는 잡으리, 그대를
손으로 붙잡듯이 심장으로 잡으리.
내 심장을 멎게 해 주십시오.
그래도 내 머리는 고동칠 것이며
그대가 내 머리에 불을 던진다 해도
피로써 그대를 껴안으리.

그 어떤 상황에서도 사랑하는 사람을 놓지 않으려는 이 시의
시적화자는 매우 진지한 사랑을 보여주고 있습니다.

진실은 언제나 통하는 까닭에 고통과 시련이 다가
와도 심장이 멎는다 해도 자신의 사랑을 보여줄
수 있는 사랑, 지금은 그런 사랑이 간절히 필
요한 시대입니다.

그 시대에 우리는 시방 살고 있습니다.

너와 나 그리고

- R. 니모이

1

내 사랑하는 사람아
나는 오늘 하루 온종일
그대만을 생각 했었네.
내 마음은 견딜 수 없을 정도로
고통스러웠네.

2

나는 과거 홀로 있을 때
고독을 안다고 생각 했었네.

그러나 그것은 잘못이었네.
이제는 세 가지를 알아야 하네.

너와 나,
그리고 우리……

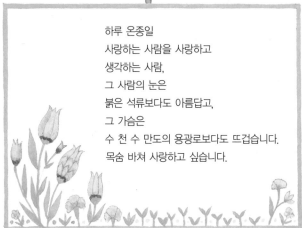

하루 온종일
사랑하는 사람을 사랑하고
생각하는 사람,
그 사람의 눈은
붉은 석류보다도 아름답고,
그 가슴은
수 천 수 만도의 용광로보다도 뜨겁습니다.
목숨 바쳐 사랑하고 싶습니다.

사랑하기 때문에

– P. M 윌리엄스

그대가 나에게 주는
사랑으로 인하여
나는 그대를 사랑합니다.

내가 그대에게 주는
사랑으로 인하여
그대가 나를 사랑합니다.

누가 먼저 주었고, 누가 먼저 받았는지
나는 알지 못합니다.
이 모든 것이 어디에서 시작되었는지를

하지만 사랑이 시작되었기에
나는 행복합니다.

사랑이 존재함으로 해서
나는 행복합니다.
지금 이대로 영원토록

수많은 말로 표현해도
단 한 마디로 표현해도
사랑하고 있음으로 해서
나는 행복할 따름입니다.

그대가 나에게 주는 사랑으로 인하여 나는 그대를 사랑하고,
내가 그대에게 주는 사랑으로 인하여 그대가 나를 사랑하는 이
사랑의 순환은, 서로에 대한 사랑을 깊이 각인시켜 더욱 단단
히 서로에게 사랑의 끈이 되어 준답니다.
일방적인 사랑처럼 허무하고 쓸쓸한 사랑이 어디 또 있을까요.
그런 사랑은 차라리 하지 않는 게 좋겠지요.
너무 너무 가슴이 아프잖아요.
당신은 충만하고 행복한 사랑을 하세요.
내가 그 사랑을 위해 기도해 드리겠어요.

당신을 사랑합니다

- M. 베티

당신을 사랑합니다.
나날의 삶을 아름답게 해주시고
삶의 고된 일을 보람되게 해주시므로
하루하루가 아무리 고달퍼도
당신을 떠올리면 미소 짓게 해주시므로

당신을 사랑합니다.
삶의 순간순간을 함께 나누시고
당신 곁에서 이야기하고 웃으며
꿈꾸게 해주시므로

당신을 사랑합니다.
내 속마음 말하게 해주시고
내가 말한 뒤의 나의 느낌을
깊이깊이 생각해 주시므로
내 자신을 돌이키게 해주시고
내가 정말 어떤 사람인지를
깨닫도록 도와주시므로

내가 항상 영원하고 참된 이상을 좇도록
힘을 주시므로

당신을 사랑합니다.
사랑의 소망으로 나를 채워주시고
누구도 줄 수 없는 사랑보다
더 큰 사랑을 내게 주시므로
신께서 정하신 길을 따라
당신의 사랑에 보답할 때
한 인간으로서 내가 지닌 능력들을
모두 일깨워 주시므로

당신을 사랑합니다.
당신이 내게 필요할 때 가까이 와주시고
혼자 있어야 할 때 물러나시고
내 나날의 빛과 그림자를
함께 나누시므로
내가 지쳤을 때 위안을 주시고
세상이 너무 힘겨워 보일 때
힘을 주시므로

당신을 사랑합니다.
이 모든 것을 다 주시고도
평생을 함께 하겠다고 약속해 주시므로
당신이 계신 까닭에 나는
당신을 사랑한다는 말의
참뜻을 배웠으므로

브라우닝은 "사랑은 최선의 것이다"라고 했습니다.

그렇습니다. 이 세상에서 사랑만큼 소중하고 진실한 것이 어디 또 있을까요.

입에서 나오는 그 모든 말이, 가슴에서 울려오는 그 모든 고동 소리가 사랑하는 이를 위해서라면 그 보다 행복한 사랑은 어디 또 있을까요.

당신을 사랑합니다, 라고 당신도 한번 크게 외쳐보기 바랍니다.

사랑은 그 어떤 말보다도 아름다운 말입니다. 그리고 그 사랑은 당신을 가장 행복하게 만들어 줄 것입니다.

내가 만일

– E. 디킨스

내가 만일 애타는 한 가슴을 달랠 수 있다면
내 삶은 정녕 헛되지 않으리.
내가 만일 한 생명의 고통을 덜어 주거나
또는 한 괴로움을 달래 주거나
또는 할딱거리는 로빈 새 한 마리를 도와서
보금자리로 되돌려 줄 수만 있다면
내 삶은 정녕 헛되지 않으리.

"사랑은 아낌없이 주는 것이다"라고 톨스토이는 말했습니다.
자신의 사랑으로 애타는 이의 가슴을 달래 주고, 고통과 시련 속에서 울부짖고 있는 한 생명에게 위안이 되어 줄 수 있다면, 그래서 애타는 이가 밝은 미소를 짓고 고통과 시련 속에 휘둘린 이가 희망을 가질 수 있다면, 그 얼마나 행복한 일인가요.

삶을 값지고 보람 있게 보내는 사람이 진실로 성공한 사람입니다.

그대를 사랑합니다

- L. 에드워드

그대를 사랑합니다.
그대는 나의 마음과 육신에
영혼에 가장 가까이 다가왔던
단 하나뿐인 사람이기에.

그대를 사랑합니다.
그대는 나에게 무엇보다도 먼저
나 자신을 믿는 힘을 주시어
내 스스로 내 인생을 헤쳐 나갈 수 있도록
가르쳐 주셨으므로.

그대를 사랑합니다.
그대는 내게 행복이란
만족해하는 것뿐만이 아니라
가슴 속에 담긴 소망을 이루기 위해
그 소망의 한 조각이 이루어질 때까지
노력하는 것임을 일러주시어
나의 삶을 다채롭고 더 재미있고

한결 활기차게 해주셨으므로.

그대를 사랑합니다.
그대는 내가 어떤 일을 하거나
끊임없는 행운의 흐름을 타게 해주어
내게 평생의 기회를 주셨던
내 일생의 유일한 사람이었으므로.

그대를 사랑합니다.
그대는 내가 이 세상에서 성장하고
사랑하는 법을 배우고
더 풍요롭게 살아가도록 도우며
나와 함께
똑같은 삶을 나누었던
단 하나뿐인 사람이었기에.

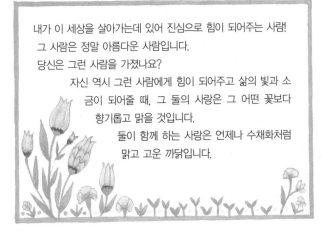

내가 이 세상을 살아가는데 있어 진심으로 힘이 되어주는 사람!
그 사람은 정말 아름다운 사람입니다.
당신은 그런 사람을 가졌나요?
　　자신 역시 그런 사람에게 힘이 되어주고 삶의 빛과 소
　　금이 되어줄 때, 그 둘의 사랑은 그 어떤 꽃보다
　　향기롭고 맑을 것입니다.
　　둘이 함께 하는 사랑은 언제나 수채화처럼
　　맑고 고운 까닭입니다.

험한 세상의 다리가 되어

- S. A 갈푼겔

당신이 의기소침해 하거나
당신의 눈동자에 눈물이 고일 때
당신의 눈물을 닦아주고 당신 곁에 있으리.

고난이 몰아쳐 찾는 친구가 없을 때
거센 물살 건너는 다리처럼
나를 바치리.

낯선 곳에서 향수에 젖을 때나
고통의 밤이 찾아오면
당신을 편안케 해주리.

땅거미가 지고 고통의 밤이 오면
험한 세상 건너는 다리처럼
나를 희생하리.

노를 저어 계속 저어가면
곧 빛이 비추리.
당신의 꿈이 이루어지리다.
자, 저 빛을 보라.

빛이 필요하다면
난 곧장 노 저어가리.
험한 세상 건너는 다리처럼
당신의 마음을 안정시키리.
당신의 마음을 편안케 하리.

이 시를 읽으니 폴 사이먼 앤 가펑클이 부른 '험한 세상의 다리
가 되어'(THE BRIDGE OVER TROUBLED WATER)라는
팝송이 생각나 콧노래를 부르며 지난날을 회상하는 즐거움을
잠시 누렸습니다.
이 세상에서 내가 살아가는 동안 누군가에게 희망의 노래가
되고, 기쁨의 꽃이 되고, 시련의 강물위에 다리가
되어 줄 수 있다면 그 얼마나 감사한 일이겠는지
요.
아, 그런 상상을 하는 것만으로도 참 행
복합니다.

나의 삶은

- M. R 스마이트

나의 삶은 그릇이에요,
언제나 사랑스러움으로 가득 찬
바닥부터 가장자리까지
이 토기 그릇을 당신으로,
오직 당신으로 가득 채우는 거지요.

나의 삶은 별 하나와 오직
한 줄기 푸른빛만 담는 연못이에요.
당신, 오직 당신만이
연못을 비추는 황금빛 등불
황금의 작은 등불 이지요.

나의 삶은 집으로 돌아가는 새
황혼녘의 별들과 이슬 속을 날아
집으로 돌아가는 한 마리 새
진실한 눈의 하늘로 돌아가는
오직 당신에게만 돌아가는 새지요

자신의 삶을 사랑하는 이에게 온전히 바칠 수 있는 사랑은 눈부시게 아름다울 뿐만 아니라 그 어떤 가치로도 평가할 수 없는 인생의 기쁨이며, 생명의 은총입니다. 그래서 보텔슈빙크는 "한 방울의 사랑은 금화(金貨)가 가득 찬 주머니보다도 가치가 있다"고 했습니다.

이런 사랑을 하고 싶습니다.

아, 생각만으로도 너무 행복하군요.

당신은 어떠한지요?

네? 당연한 걸 왜 묻느냐고요?

아, 그래요. 더 이상 묻지 않겠습니다.

운명의 칼날에 이를 때까지

- W. 셰익스피어

진실 된 마음의 사랑 앞에
장애물을 놓지 말라.
사랑을 감추는 무엇이 발견되었을 때 변하는 사랑이면
그건 사랑이 아니다.

사랑은 영원히 고정된 하나의 표적
사나운 비바람에도 흔들리지 않는 바위
방황하는 모든 배들에게 밤하늘의 별과 같은 것
그 높이는 알 수 있어도
그 가치의 깊이는 정녕 알 수 없도다.

사랑은 세월의 어릿광대가 아니다.
장밋빛 입술과 뺨이 자신의 굽어진 낫에 베일지라도
사랑은 짧은 몇 시간, 몇 주 사이에 변하지 않으리니
운명의 칼날에 이를 때까지
사랑은 지지를 얻으리다.

만일 이것이 틀리고

또 틀린 것이 입증된다면
나는 결코 이렇게 쓰지 않았을 것이다,
지금까지 사랑한 사람이라곤
아무도 없었을 것이다, 라고.

어떤 외적인 조건이나 상황이 변함에 따라 그 무게와 빛깔을
달리하는 사랑이라면, 더 이상은 그 사랑에 연연해하지 마십시
오. 그런 사랑은 아침저녁으로 모습을 바꾸어가며
당신의 삶을 혼란케 할 것입니다.
    한겨울에도 푸르름을 잃지 않고 흰 눈 속에서
도 생기 있는 소나무 같은 사랑을 찾으십시
오.
        변하는 것은 사랑이 아니니까요.

2

그대 눈 속에 내가 있습니다

바닷가에서

- R. 타고르

　아득한 나라 바닷가에 아이들이 모였습니다.

　높푸른 하늘은 그림처럼 고요하고, 물결은 쉴 새 없이 넘실 거립니다.

　아득한 나라 바닷가에 소리치며 뜀뛰며 아이들이 모였습니다.

　모래성을 쌓는 아이, 조개껍질을 줍는 아이, 나뭇잎으로 배를 만들어 기꺼이 큰 바다로 떠나보내는 아이 모두들 바닷가에서 즐겁게 놉니다.

　그들은 헤엄칠 줄도 모르고, 고기를 잡을 줄도 모릅니다.

　어른들은 진주를 캐고, 상인들은 배로 오가지만 아이들은 조약돌을 모으고 또 던질 뿐입니다.

　그들은 보물에는 욕심이 없고, 고기잡이 할 줄도 모른답니다.

파도는 깔깔거리며 부서지고, 모래 기슭은 흰 이를 드러내어 웃습니다.

죽음을 부르는 물결도 자장가를 부르는 엄마처럼 나지막이 노래 부릅니다.

바다는 아이들과 함께 놀고, 기슭은 흰 이를 드러내어 웃습니다.

아득한 나라 바닷가에 아이들이 모였습니다.

하늘에 폭풍이 일고, 물 위에 배는 엎어지며, 죽음의 배위에 있지만

아이들은 뛰 놉니다.

아득한 나라 바닷가는 아이들의 큰 놀이텁니다.

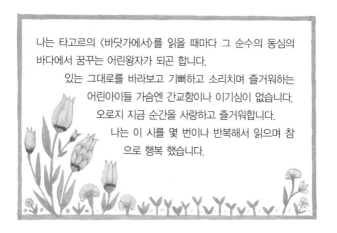

나는 타고르의 〈바닷가에서〉를 읽을 때마다 그 순수의 동심의 바다에서 꿈꾸는 어린왕자가 되곤 합니다.

있는 그대로를 바라보고 기뻐하고 소리치며 즐거워하는 어린아이들 가슴엔 간교함이나 이기심이 없습니다.

오로지 지금 순간을 사랑하고 즐거워합니다.

나는 이 시를 몇 번이나 반복해서 읽으며 참으로 행복 했습니다.

사랑, 모든 감각 속에서 지켜지는

- T. 아켐피스

사랑,
그 존재 하나만으로도 세상의 모든 짐을 가볍게 해주는
최상의 선

내 사랑을 지켜보네, 잠들 때까지
나 피곤하여도 지치지 않으며
불편할지언정 강요받진 않네.

사랑,
그것은 진실하고 부드럽고 강하며
충실하고 신중하고 오래 참으며 용감하네.

사랑은 용의주도하며 겸손하고
올바르며 지치지 않고
변덕스럽지 않고 헛되지 않으며
침착하고 순결하고 확고하고 조용하며
모든 감각 속에서 지켜진다네.

"사랑할 수 있다는 것은 모든 것을 행할 수 있다는 것이다" 라고 체호프는 말했습니다.
그렇습니다.

　　모든 것을 행 할 수 있다는 것은 생각만으로는 되지 않습니다. 그 생각에 힘을 주고, 용기를 주고, 격려해주는, 사랑하는 이의 사랑이 있기에 가능한 것이랍니다.

　　　사랑할 수 있다는 것, 그것은 최고의 축복입니다.

그대 눈 속에

– M. 다우첸다이

그대 눈 속에
나를 쉬게 해줘요.
그대 눈은 지상에서
가장 고요한 곳

그대의 검은 눈동자 속에
살고 싶어요.
그대의 눈동자는
포근한 밤과 같은 평온

사람의 눈을 보면 그 사람의 진실을 알 수 있습니다. 그래서 맑은 눈을 호수와 같고 별과 같다고 하기도 하지요.

사랑하는 이의 눈 속에서 쉬고 싶어 하는 마음, 그곳에서 살고 싶어 하는 마음은 사랑하는 이의 온 마음을 사로잡으려는 사랑이 아니고 무엇일까요. 그런 사랑이 사랑하는 이와의 관계를 더욱 행복하게 만드는 것입니다.

사랑

– 헤르만 헤세

키스로 나를 축복해 주는 당신의 입술을
즐거운 나의 입이 다시 만나고 싶어 합니다.
고운 당신의 손가락을 어루만지며
나의 손가락에 깍지 끼고 싶습니다.

내 눈의 목마름을 당신 눈에서 적시고
깊숙이 내 머리를 당신 머리에 묻고
언제나 눈 떠 있는 젊은 육체로
당신 몸의 움직임에 충실히 따라
늘 새로운 사랑의 불꽃으로 천 번이나
당신의 아름다움을 새기고 싶습니다.

우리들의 마음이 온전히 가라앉고 감사하게
모든 괴로움을 넘어서서 복되게 살 때까지
낮과 밤에 오늘과 내일에 담담히
다정한 누이로서 인사할 때까지
모든 행위를 넘어서서 빛에 싸인 사람으로
평화 속을 조용히 거닐 때까지.

러셀은 말하기를 "사랑은 인간의 가장 보편적인 기본적 감정으로써 감정에서 협력이 생기는 것이다"라고 했습니다.

그렇습니다.

나또한 이 말에 전적으로 동의합니다.

사랑이란 감정과 감정의 협력이지 일방적인 것이거나 조건적인 것은 아닙니다. 서로의 협력으로 사랑을 만들고 가정을 만드는 것이랍니다. 그리고 그 속에서 행복은 기쁨의 꽃을 피워 올려 그 모두를 즐겁게 만들어준답니다.

사랑의 노래

- E. L 쉴러

내 고향은 어디에 있을까요?
내 고향은 조그만 합니다.
이곳에 있다가는 저곳으로 옮아가지요.
내 마음을 함께 안고 갑니다.
기쁨과 슬픔을 함께 주지요.
내 고향은 바로 당신입니다.

마음의 안식과 위안을 주는 사람이 있다는 것은 크나큰 은총입니다.
쉴러의 〈사랑의 노래〉는 사랑하는 사람이 바로 자신의 고향이라고 말합니다. 사랑하는 사람, 그 사람이 있어 인생은 아름답습니다.
　　　그 고향에서 오래오래 살고 싶습니다.

언제나 당신이 나만을 생각한다면

– 빅토르 위고

당신이 나에게 말했던 것처럼
당신이 언제나 나만을 생각한다는 것이 진실이라면,
우리 서로가 비록 가까이 있지 않을 때라도
우리의 영혼을 끊임없이 함께 있게 만드는,
이 감미롭고 친밀한 생각의 일치를 신뢰하는 것은
나의 가장 큰 행복중의 하나랍니다.

사랑하는 사람이 가까이 있지 않을 때라도 서로의 영혼을 끊임없이 함께 있게 만드는 것은 사랑입니다. 그래서 늘 사랑하는 사람과 같이 있고 싶은 것이지요.

사랑!

사랑은 대체 무엇이기에 이토록 가슴을 절절하게 만드는 것인지요.

사랑의 바다의 빠져 영원히 헤어나지 않아도 좋으리.

사랑하는 사람,

생각만 해도 기분이 너무너무 좋은 사랑하는 사람!

나 그대 사랑해도 되겠지요?

라고 말 할 수 있는 사람이 있는 당신은 정말 행복한 사람입니다.

내가 지금 당신을 사랑하는 것은

– 로리 크로프트

내가 당신을 사랑하는 것은
지금 당신이 당신이기 때문에도 그렇지만
당신 곁에서 내가
또 다른 나로 변하기 때문입니다.

내가 당신을 사랑하는 것은
내 삶의 목재로,
헛간이 아니라 신전을 짓도록
내가 날마다 하는 일을 꾸중함이 아니라
노래가 되도록 도와주기 때문입니다.

내가 당신을 사랑하는 것은
어떠한 신앙보다도 바로 당신이
나를 더욱 선하게 만들었고
어떠한 운명보다도 바로 당신이
더욱 나를 행복하게 만들었기 때문입니다.

손도 대지 않고 말 한마디 없이
기적도 없이 당신은 모두 해 냈습니다.
당신이 자기 자신에게 충실했기 때문에
이 모든 것을 이루어 낸 것입니다.
어쩌면 그런 것이
참된 친구인지도 모르겠습니다.

내가 당신을 사랑하는 것은 당신 곁에서 내가 또 다른 나로 변
하기 때문이고, 내가 당신을 사랑하는 것은 노래가 되도록 나
를 도와주기 때문이고, 내가 당신을 사랑하는 것은 그 어떤 운
명보다도 당신이 나를 행복하게 만들었기 때문이
다, 라는 이 시의 시구는 사랑하는 이에 대한 아
낌없는 찬사를 보여줍니다.
이런 사랑이라면 무엇을 더 바랄까요.
참으로 아름다운 사랑입니다.

사랑만이 희망이다

- V. 드보라

힘겨운
세상일수록
사랑만이
희망일 때가 있습니다.

새들은
하늘에 검은 먹구름이
드리울수록
더욱 세차게 날개 짓하며 비상한다는 것을
잊지 마십시오.

꽃들은
날이 어두워질수록
마지막 안간힘을 다하여
세상을 향해 고개 든다는 사실을
잊지 마십시오.

나무들은
그 생명을 마쳤어도
하늘을 향해 곧게
제 모습을 지키며 서 있다는 사실을
우린 정말로 잊지 말아야 하겠습니다.

죽어서도
의연히 서 있는 나무들처럼
마지막 순간에도
최선을 다해 고개 들어 하늘을 보는 꽃들처럼
먹구름이 내려앉을수록
더 높이 비상하는 새들처럼

삶을 사랑하고
사람을 사랑함에
최선을 다하며 살아가야 합니다.

사랑만이
우리에게
진정한 희망일 때가 있습니다.

아무리 힘겨운 삶이라 할지라도, 아무리 끝이 보이지 않는 현
실일지라도 사랑만 있다면 이겨 낼 수 있습니다.
　　사랑은 방전하지 않는 행복의 충전소며 희망으로 인도
하는 삶의 등불이니까요.
　　　사랑하세요!
　　　　소나무처럼 늘 변함없는 사랑, 그 사랑의 주
인공이 되어보세요.

그대가 나의 사랑이 되어준다면

– A. 도데

그대가 나의 사랑이 되어 준다면
내 인생을 모두 걸고서라도
그대와 함께 이 길을 가겠습니다.
외롭고 힘겨운 이 길,
그러나 그대가 내 곁에 있기에
언제나 행복한 길,
그대의 사람이 되어 영원히 저 무덤 속까지.

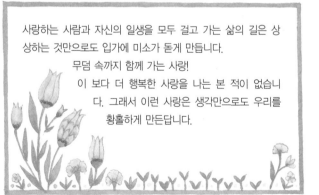

사랑하는 사람과 자신의 일생을 모두 걸고 가는 삶의 길은 상상하는 것만으로도 입가에 미소가 돋게 만듭니다.

무덤 속까지 함께 가는 사랑!

이 보다 더 행복한 사랑을 나는 본 적이 없습니다. 그래서 이런 사랑은 생각만으로도 우리를 황홀하게 만든답니다.

누군가를 사랑한다는 것은

- W. 카터

누군가를
사랑한다는 것은
그 사람을 향한 사랑의 불꽃이
끝없이 타오르는 것

누군가를
사랑한다는 것은
마음속에 거대한 불꽃을 키워내는 것
그렇게 철저히 고독과 싸워
재가 될 때까지
자기 자신을 태우는 것

누군가를
사랑한다는 것은
자신을 태움으로써
사랑의 불꽃을 만들어 내는 것

스스로 타다가 재가 되어
결국엔 그대의 마음속에서
새로운 사랑이 탄생하도록 하는 것

내 몸이 한 줌의 재가 되도록 누군가를 사랑할 수 있는 사랑은 그 얼마나 눈이 부신가요!

그런 사랑은 영원히 죽지 않는 불멸의 사랑이니까 요.

어디 그런 사랑 없나요?

그런 사랑을 가질 수만 있다면 당신은 최선의 삶을 이루어 낸 승리자입니다.

사랑은 아픔을 위해 존재 합니다

– 칼릴 지브란

사랑이 그대를 손짓하여 부르거든 따르십시오.
비록 그 길이 어렵고 험하다 해도
사랑의 날개가 그대를 품을 때에는 몸을 맡기십시오.
비록 사랑의 날개 속에 숨은 아픔이
그대에게 상처를 준다 해도
사랑이 그대에게 말하거든 그를 믿으십시오.
비록 사랑의 목소리가 그대의 꿈을
모조리 깨뜨려놓을지라도

왜냐하면 사랑은 그대에게
영광의 왕관을 씌워주지만 또한
그대를 십자가에 못 박는 일도
주저하지 않기 때문입니다.
사랑은
그대의 성숙을 위해 존재하지만
그대를 아프게 하기 위해서도 존재한답니다.
사랑은 햇빛에 떨고 있는
그대의 가장 연한 가지들을 어루만져주지만
또한 그대의 뿌리를 흔들어대기도 한답니다.

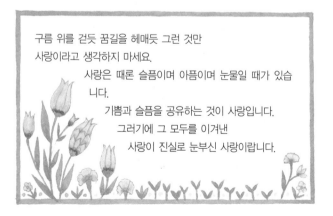

구름 위를 걷듯 꿈길을 헤매듯 그런 것만
사랑이라고 생각하지 마세요.
사랑은 때론 슬픔이며 아픔이며 눈물일 때가 있습
니다.
기쁨과 슬픔을 공유하는 것이 사랑입니다.
그러기에 그 모두를 이겨낸
사랑이 진실로 눈부신 사랑이랍니다.

우리는

― P. 엘뤼아르

우리 둘이는 서로 손을 맞잡고
어디서나 마음 속 깊이 서로를 믿습니다.
아늑한 나무 아래 어두운 하늘 아래
모든 지붕 아래 난로 가에서
태양이 내리쬐는 빈 거리에서
민중의 망막한 눈동자 속에서
현명한 사람이나 어리석은 사람 곁에서라도
어린 아이들이나 어른들 틈에서라도
사랑은 아무 것도 감추지 않고
우리들은 그것의 확실한 증거입니다.
사랑하는 사람들은
마음 속 깊이 서로를 믿습니다.

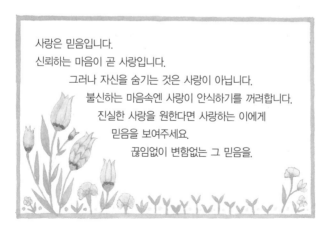

사랑은 믿음입니다.
신뢰하는 마음이 곧 사랑입니다.
그러나 자신을 숨기는 것은 사랑이 아닙니다.
불신하는 마음속엔 사랑이 안식하기를 꺼려합니다.
진실한 사랑을 원한다면 사랑하는 이에게
믿음을 보여주세요.
끊임없이 변함없는 그 믿음을.

걸어보지 못한 길

– 로버트 프로스트

노랗게 물든 숲속에 두 갈래 길이 있었습니다.
몸이 하나니 두 길을 다 가 볼 수는 없어
나는 서운한 마음으로 한참을 서서
덤불속으로 난 한쪽 길을
끝도 없이 바라보았습니다.

그러다가 다른 쪽 길을 택했습니다.
먼저 길과 똑같이 아름답고 어쩌면 더 나은 듯 했
지요.
사람이 밟은 흔적은 먼저 길과 비슷했지만,
풀이 더 무성하고 사람의 발길을 기다리는 듯 했
으니까요.

그 날 아침 두 길은 모두 아직
발자국에 더럽혀지지 않은 낙엽에 덮여 있었습니
다.
아, 먼저 길은 다른 날 걸어보리라 생각 했지요.
길은 길로 이어지는 것이기에

다시 돌아오기 어려우리라 알고 있었지만

오랜 세월이 흐른 다음
나는 한숨지으며 이야기 할 것입니다
"두 갈래 길이 숲속으로 나 있었다. 그래서
나는 사람이 덜 밟은 길을 택했고, 그것이
내 운명을 바꾸어 놓았다"라고.

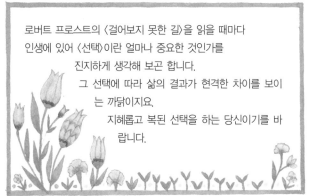

로버트 프로스트의 〈걸어보지 못한 길〉을 읽을 때마다
인생에 있어 〈선택〉이란 얼마나 중요한 것인가를
진지하게 생각해 보곤 합니다.
그 선택에 따라 삶의 결과가 현격한 차이를 보이
는 까닭이지요.
지혜롭고 복된 선택을 하는 당신이기를 바
랍니다.

3

그대는 나의 전부입니다

삶이 그대를 속일지라도

- A. S 푸쉬킨

삶이 비록 그대를 속일지라도
슬퍼하거나 노여워하지 마라.
슬픔을 딛고 일어서면
기쁨의 날이 오리니

마음은 항상 미래를 지향하고
현재는 한없이 우울한 것
하염없이 사라지는 모든 것이여
한번 지나가 버리면 그리움으로 남는 것

나는 푸쉬킨의 〈삶이 그대를 속일지라도〉란, 시를 무척 좋아했고 지금도 변함없이 좋아합니다.
내가 이 시를 처음 접한 건 초등학교 5학년 때입니다.
그 철부지 시절에도

　삶이 비록 그대를 속일지라도
　슬퍼하거나 노여워하지 마라
　슬픔을 딛고 일어서면
　기쁨의 날이 오리니

라는, 이 시구가 무척 감명 깊어 힘들고 어려운 일을 만나게 되면 이 시구를 기도문처럼 외우곤 했습니다.
한 편의 좋은 시는 처진 삶을 일으켜 세우는 힘이 있습니다.
　　요즘은 시가 읽혀지지 않는다고 합니다. 참으로 애석한
　　일이 아닐 수 없습니다.
　　　독자들이여, 시를 읽으십시오.
　　　　한 편의 훌륭한 시는 장편소설을 읽고 났
　　　　을 때보다 더 큰 감동을 준다는 사실을 잊지
　　　　말기 바랍니다.

당신을 사랑하기에

- 헤르만 헤세

당신을 사랑하기에 밤에 나는
그토록 설레며 당신께 가서 속삭였지요.
당신이 나를 영원히 잊지 못하도록
당신의 마음을 따 왔었지요.

당신 마음은 나와 함께 있으니
좋든 싫든 오로지 내 것이랍니다.
설레며 불타오르는 내 사랑에서
어떤 천사라도 그대를 앗아가진 못해요.

생각만 하면 가슴이 뛸 듯이 설레는 사람,
만나면 그 기쁨에 숨이 멎을 것만 같은 사람,
항상 함께 있고 싶어 목이 마르는 사람,
곁에 있어도 늘 그리운 사람,
당신에겐 그런 사람이 있나요?
오늘 그런 사람을 꼭 만나길 바랍니다.

청춘

– 사무엘 울만

　청춘이란 인생의 어떤 기간이 아니라 그 마음가
짐이라네.
　장밋빛 뺨, 붉은 입술, 유연한 무릎이 아니라
　늠름한 의지, 빼어난 상상력, 불타는 정열,
　삶의 깊은 데서 솟아나는 샘물의 신선함이라네.

　청춘은 겁 없는 용기, 안이함을 뿌리치는 모험심
을 말하는 것이라네.
　때로는 스무 살 청년에게서가 아니라 예순 살 노
인에게서 청춘을 보듯이
　나이를 먹어서 늙는 것이 아니라 이상을 잃어서
늙어 간다네.

　세월의 흐름은 피부의 주름살을 늘리나
　정열의 상실은 영혼의 주름살을 늘리고
　고뇌, 공포, 실망은 우리를 좌절과 굴욕으로 몰아
간다네.

예순이든, 열여섯이든 사람의 가슴속에는
경이로움에의 선망, 어린이 같은 미지에의 탐구심,
그리고 삶에의 즐거움이 있기 마련이네.

또한 너나없이 우리 마음속에는 영감의 수신탑이 있어
사람으로부터 든, 신으로부터 든
아름다움, 희망, 희열, 용기, 힘의 전파를 받는 한
당신은 청춘이라네.
그러나 영감은 끊어지고
마음속에 싸늘한 냉소의 눈은 내리고,
비탄의 얼음이 덮여올 때
스물의 한창 나이에도 늙어버리거나
영감의 안테나를 더 높이 세우고 희망의 전파를 끊
임없이 잡는 한
여든의 노인도 청춘으로 죽을 수 있네.

청춘! 아, 듣기만 해도 싱그럽고 넘실거리는 역동성!
그 뜨거운 피!
그러나 청춘은 나이로 가늠하는 것이 아니라 희망의 전파를 끊임없이 잡는 한 여든의 노인도 청춘으로 죽을 수 있다는, 사무엘 울만의 조용한 외침은 큰 울림을 주고 있습니다.

청춘!

불타는 끊임없는 열정!

아, 풀꽃향기처럼 풋풋하고 아침이슬처럼 촉촉한 말,

당신은 영원한 청춘으로 이 길을 가고 싶지 않으십니까?

그대는 나의 전부입니다

- 파블로 네루다

당신은
해질 무렵
붉은 석양에 걸려있는
그리움입니다.
빛과 모양을 그대로
내가 가장 좋아하는 구름입니다.

그대는 나의 전부입니다.

부드러운 입술을 가진 그대여,
그대의 생명 속에는
나의 꿈이 살아 있습니다.
그대를 향한
변치 않는 꿈이 살아 숨쉬고 있습니다.

사랑에 물든
내 영혼의 빛은
그대의 발밑을
붉은 장밋빛으로 물들입니다.

오, 내 황혼의 노래를 거두는 사람이여,
내 외로운 꿈속 깊이 사무쳐 있는
그리운 사람이여,
그대는 나의 모든 것입니다

석양이 지는 저녁
고요히 불어오는 바람 속에서
나는 소리 높여 노래하며
길을 걸어갑니다.

사랑하는 그대여,
내 영혼이
그대의 슬픈 눈가에서 다시 태어나고
그대의 슬픈 눈빛에서부터 다시 시작 됩니다.

파블로 네루다!
칠레가 낳은 세계적인 시인, 노벨문학상 수상작가.
그의 말처럼 그대는 나의 전부입니다, 라고
말 할 수 있는 사랑을 기다립니다.
그 사랑의 동산으로 당신의 사랑을 초대하십시오.
    그리고 이 시를 같이 읽어 보십시오.
      뜨거운 열정이
        당신의 마음을 풍요롭게 만들어 줄 것입니다.

그대가 없다면

- 호이트 액스턴

장미꽃들이 달빛과 어우러져
즐겁게 춤추는 아름다운 모습도
그대가 함께 하지 않는다면
아무런 의미가 없어요.

내 곁에서 걷고
내 마음 안에 살고 있는 그대가 없다면……

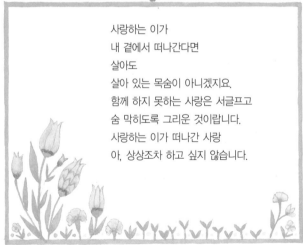

사랑하는 이가
내 곁에서 떠나간다면
살아도
살아 있는 목숨이 아니겠지요.
함께 하지 못하는 사랑은 서글프고
숨 막히도록 그리운 것이랍니다.
사랑하는 이가 떠나간 사랑
아, 상상조차 하고 싶지 않습니다.

당신이 나를 영원케 하셨으니

– R. 타고르

당신이 나를 영원케 하셨으니
그것은 당신의 기쁨입니다.
이 연약한 그릇을 당신은 자꾸 비우시고
또 언제나 싱싱한 삶으로 채우십니다.
이 작은 갈잎피리를
언덕과 골짜기 위로 옮겨오셨습니다.
그리고 그 피리를 통해
영원히 새로운 멜로디를 불어내셨습니다

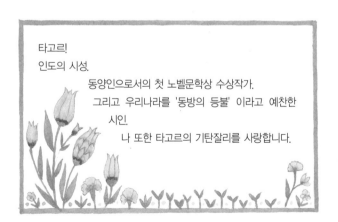

타고르!

인도의 시성.

동양인으로서의 첫 노벨문학상 수상작가.

그리고 우리나라를 '동방의 등불' 이라고 예찬한
시인.

나 또한 타고르의 기탄잘리를 사랑합니다.

첫사랑

– J. W.V 괴테

아 누가 돌려주랴, 그 아름답던 날
첫사랑 그 때를
아, 누가 돌려줄 수 있으랴
그 아름답던 시절의
오직 한 순간만이라도

외로이 나는 이 상처를 키우며
쉬임없이 되살아오는 슬픔에
가버린 행복을 서러워할 뿐
아, 누가 돌려주랴, 그 아름답던 나날
첫사랑 그 즐거운 때를

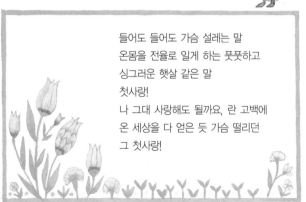

들어도 들어도 가슴 설레는 말
온몸을 전율로 일게 하는 풋풋하고
싱그러운 햇살 같은 말
첫사랑!
나 그대 사랑해도 될까요, 란 고백에
온 세상을 다 얻은 듯 가슴 떨리던
그 첫사랑!

노래의 날개

– H. 하이네

노래의 날개 위에 사뿐히 올라서
함께 가요, 사랑하는 사람이여
갠지즈강 그 기슭 푸른 풀밭에
우리 둘이 갈 만한 곳이 있어요.

환한 달 동산에 고요히 떠오를 적에
빨갛게 활짝 피는 아름다운 꽃동산
잔잔한 호수에 미소 짓는 연꽃들은
아름다운 그대를 기다리고 있어요.

꽃들은 서로서로 미소를 머금고
하늘의 별을 향하여 소곤대고
장미는 서로서로 넝쿨을 엮고서
달콤한 밀어 속삭이는 뺨을 부빈 답니다.

깡충깡충 뛰어나와 귀를 쫑긋거리는
귀여운 염소의 평화로운 모습과
해 맑은 시냇물 노래하는 소리

세상 끝까지 울려 퍼지는 곳

그 아름다운 꽃동산 종려나무 그늘에
사랑하는 그대와 함께 누워서
사랑의 온갖 즐거움을 서로 나누며
아름다운 꿈 끝이 없도록 살아가자구요.

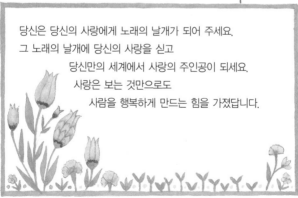

당신은 당신의 사랑에게 노래의 날개가 되어 주세요.
그 노래의 날개에 당신의 사랑을 싣고
　　　　당신만의 세계에서 사랑의 주인공이 되세요.
　　　사랑은 보는 것만으로도
　　　　　사람을 행복하게 만드는 힘을 가졌답니다.

아름다운 사랑

– 단테

성자의 추도식 날에 아름다운 아가씨들이
바로 내 곁을 스쳐 지나갔습니다.
맨 처음 아가씨가 내 옆을 지나갈 때
사랑은 우리를 마주보게 하였답니다.
타오르는 불꽃의 정령인양
내 마음엔 뜨거운 불길이 타올라
천사의 모습을 바라보는 듯 했습니다.
그 해맑고 순한 아가씨의 눈에서
넘쳐흐르는 아름다운 사랑의 밀어를
보고 깨닫는 사람의 마음속엔
무한대의 행복이 넘치게 마련입니다.
우리에게 행복을 주기 위해
아아, 아름다운 아가씨는 천국에서 살다가
이 지상에 온 것이라 생각될 만큼
나는 그녀를 보기만 해도 행복하였습니다.

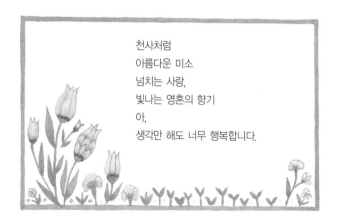

천사처럼
아름다운 미소
넘치는 사랑,
빛나는 영혼의 향기
아,
생각만 해도 너무 행복합니다.

그대를 사랑하는 것은

– 스티븐 태프

그대를 사랑하는 것은
저녁놀을 사랑하고
무지개를 사랑하고
사월의 소나기를 사랑하는 것과 같이
아주 자연스러운 것이리.
그 모두는 그냥 아름다운 것인 까닭에.

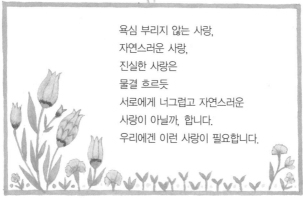

욕심 부리지 않는 사랑,
자연스러운 사랑,
진실한 사랑은
물결 흐르듯
서로에게 너그럽고 자연스러운
사랑이 아닐까, 합니다.
우리에겐 이런 사랑이 필요합니다.

사랑

– 바울

　사랑은 오래 참고 사랑은 온유하며
　투기하는 자가 되지 아니하며
　사랑은 자랑하지 아니하며 교만하지 아니하며
　무례히 행치 아니하고
　자기의 유익을 구하지 아니하며 성내지 아니하며
　악한 것을 생각지 아니하며 불의를 기뻐하지 아
니하며
　진리와 함께 기뻐하고 모든 것을 참으며
　모든 것을 믿으며 모든 것을 바라며
　모든 것을 견디느니라.
　사랑은 언제까지든지 떨어지지 아니하나
　예언도 폐하고 방언도 그치고 지식도 폐하리라.
　그런즉 믿음, 소망, 사랑
　이 세 가지는 항상 있을 것인데
　그 중에 제일은 사랑이라.

'사랑의 정의'가 무엇인지를 가장 확실하게

그리고 가장 일목요연하게 보여 준

바울의 사랑의 말씀(신약성경 고린도전서 13장 4-
13절)이

성경구절을 읽을 때마다

사랑의 사람이 되고 싶게 만든답니다.

그러나 현실은 그렇지 못해 늘 부끄러울
따름입니다.

초원의 빛

-W. 워즈워드

한 때엔 그리도 찬란한 빛으로서
이제는 속절없이 사라져가는
돌이킬 수 없는
초원의 빛이여, 꽃의 영광이여
우리는 서러워하지 않으며
뒤에 남아서 굳세리라.
존재의 영원함을
티 없이 가슴에 품어서
인간의 고뇌를
사색으로 달래어
죽음도 안광에 철하고
명철한 믿음으로 세월 속에 남으리라

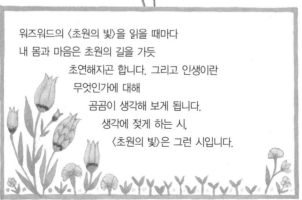

워즈워드의 〈초원의 빛〉을 읽을 때마다
내 몸과 마음은 초원의 길을 가듯
초연해지곤 합니다. 그리고 인생이란
무엇인가에 대해
곰곰이 생각해 보게 됩니다.
생각에 젖게 하는 시,
〈초원의 빛〉은 그런 시입니다.

4

행복한 마음으로
당신을 생각합니다

산비둘기

– J. 콕토

두 마리 산비둘기가
정다운 마음으로
서로 사랑을 하였습니다.

그 나머지는
말하지 않으렵니다.

사랑의 정겨움!
사랑의 기쁨을 짧고 함축적인 표현으로 보여준 이 시는
사랑의 속성을 잘 드러내고 있습니다.
그리고 너무도 깜찍한 사랑이 아닐 수 없군요.
한 편의 깔끔한 행복한 동화를 보는 것 같습
니다.

행복한 마음으로 당신을 생각합니다

- 폴 고갱

사람들은 모두
자신의 방식대로 행복을 발견한답니다.
나는
행복한 마음으로
당신을 생각합니다.

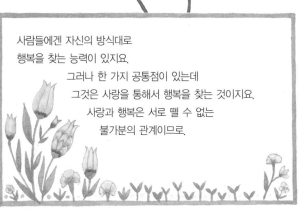

사람들에겐 자신의 방식대로
행복을 찾는 능력이 있지요.
　　그러나 한 가지 공통점이 있는데
　　그것은 사랑을 통해서 행복을 찾는 것이지요.
　　사랑과 행복은 서로 뗄 수 없는
　　　　불가분의 관계이므로.

찬바람이 그대에게 불어온다면

- R. 번즈

저 너머 초원에, 저 너머 초원에
찬바람이 그대에게 불어온다면
나 그대를 감싸리라, 나 그대를 감싸주리라.
바람 부는 쪽에다 내 외투로써 막아
혹은 또 불행의 신산한 풍파가
그대에게 몰아치면, 그대에게 몰아치면
내 가슴이 그대의 안식처 되어
모든 괴로움 함께 하리, 모든 괴로움 함께 하리라.

괴로움과 함께 하고, 역경을 함께 하는 사람이 있다는 것은 행복한 일이지요.

사람에겐 자신의 삶을 함께 나눌 대상이 필요한데 그런 사람이 있기에 세상을 힘차게 헤쳐 나가는 것이지요. 그래서 톨스토이는 이렇게 말했습니다.

"사랑은 인간에 몰아(沒我)를 가르친다. 따라서 사랑은 인간을 괴로움에서 구해준다"

진정한 사랑, 그 사랑만이 우리를 행복하게 하고 가치 있는 삶을 살게 하는 것이랍니다.

그런 만남을 소망하며

– 브라운

우리 손을 잡고 천천히 걸어요.
함께 마주 보기만 해도
기쁨으로 가득 채워지는
그런 만남을 소망하며
사랑을 나누어 봐요.

우린 한쪽만으로는
완전하지 못하고
인간이기 때문에 가질 수밖에 없는
허점들을 소유하고 있어요.
잡고 있는 손에
힘을 주어 봐요.

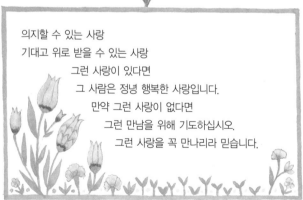

의지할 수 있는 사랑

기대고 위로 받을 수 있는 사랑

그런 사랑이 있다면

그 사람은 정녕 행복한 사람입니다.

만약 그런 사랑이 없다면

그런 만남을 위해 기도하십시오.

그런 사랑을 꼭 만나리라 믿습니다.

내가 당신을 얼마나 사랑하는지

― 밸쁘혜

짧은 시간만이라도
당신과 내가
바뀌었으면 해요.

그래야 당신은
내가 당신을 얼마나 사랑하는지를
알테니까요.

서로가 서로의
마음이 되어 보는
사랑!
그 사랑이 서로를
행복하게 만든답니다.
당신은 그런 사랑 가지셨나요?
그런 사랑을 꼭 하십시오.

산 너머 저쪽

– K. 부세

산 너머 저쪽 하늘 멀리
행복이 있다고 말들 하기에
아, 남을 따라 행복을 찾아갔다가
눈물만 머금고 돌아왔습니다.
산 너머 저쪽 하늘 저 멀리
행복이 있다고 말들 하기에.

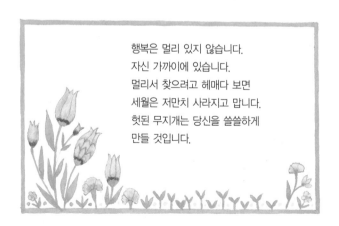

행복은 멀리 있지 않습니다.
자신 가까이에 있습니다.
멀리서 찾으려고 헤매다 보면
세월은 저만치 사라지고 맙니다.
헛된 무지개는 당신을 쓸쓸하게
만들 것입니다.

사랑의 철학

– P. B 셸리

샘물은 시냇물과 하나가 되고
시냇물은 바다와 합쳐지나니
하늘에서 부는 바람 언제까지나
한데 어울려 다정스럽다.
세상에 외톨이인 것이 있을까.
하나님의 법칙으로 온갖 만물은
한마음 한뜻으로 어울려 사나니
어찌하여 그대와 나는 헤어져 있는가.

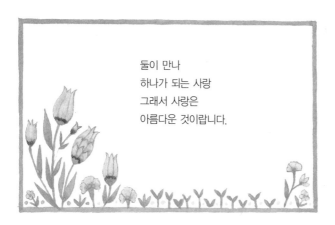

둘이 만나
하나가 되는 사랑
그래서 사랑은
아름다운 것이랍니다.

사랑의 비밀

– W. 블레이크

사랑을 말하려고 하지 말아요.
사랑은 말로 할 수 없는 것
어디서 오는지 알 수도 없고
눈에도 뵈지 않는 바람 같은 것이예요.

그 전날 사랑을 말하였지요.
내 마음의 사랑을 말하였더니
아, 그녀는 왜 그랬는지
내 곁을 떠나고 말았어요.

그녀가 내게서 떠나간 뒤에
나그네 한 사람 찾아오더니
어디로 가는지 알 수도 없게
한숨 지며 그녀를 데려 갔답니다.

가끔씩은 사랑도 비밀이 필요합니다.
그러나 너무 자주는 비밀을 갖지 마세요.
비밀이 많은 사랑은 위험합니다.
사랑은 투명해야 하니까요.

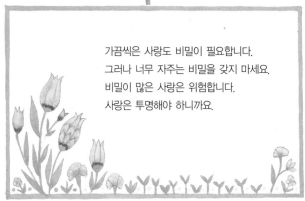

사랑의 기도

― J. 갈로

말없이 사랑하여라.
내가 한 것처럼
아무 말 말고
자주 겉으로 드러나지 않게
조용히 사랑하여라.
사랑이 깊고 참된 것이 되도록
말없이 사랑하여라.

아무도 모르게 숨어서 봉사하고
눈에 드러나지 않게
좋은 일을 하여라.
그리고 침묵하는 법을 배워라.

말없이 사랑하여라.
꾸지람을 듣더라도 변명하지 말고
마음 상하는 이야기에도
말대꾸하지 말고
말없이 사랑하는 법을 배워라.

네 마음을
사랑이 다스리는
왕국이 되게 하여라.
그 왕국을
타인 향한 마음으로
자상한 마음으로 가득 채우고
말없이 사랑하는 법을 배워라.

사람들이 너를 가까이 않고
오히려 멀리 떼어버려
홀로 따돌림을 받을 때
말없이 사랑하여라.

도움을 주고 싶어도
받아들이려 하지 않는 사람들을 위해
기도하여라.
오해를 받을 때도
말없이 사랑하여라.
네 사랑이 무시당한다 하더라도
끝까지 참으면서……

슬플 때
말없이 사랑하는 법을 배워라.

주위에 기쁨을 나누어주고
사람들이 행복을 느끼도록 마음을 써라.
타인의 말이나 태도로 인해 초조해지거든
말없이 사랑하여라.
마음 저 밑바닥에 스며드는 괴로움을
인내하여라.

네 침묵 속에
원한이나
은혜롭지 못한 마음, 어떤 비난이
끼어들지 못하도록 하여라.
언제나 타인을 존중하고
소중히 여기도록 마음을 써라.

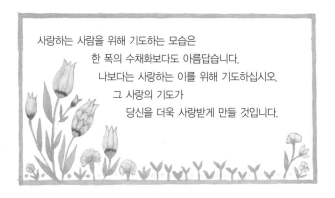

사랑하는 사람을 위해 기도하는 모습은
한 폭의 수채화보다도 아름답습니다.
나보다는 사랑하는 이를 위해 기도하십시오.
그 사랑의 기도가
당신을 더욱 사랑받게 만들 것입니다.

만일 당신이 바라신다면

- G. 아폴리네르

만일 당신이 바라신다면
난 당신께 드리겠어요.
아침을
나의 명랑한 아침을.

그리고 당신이 좋아하는
나는 빛나는 머리카락과
금빛 도는 나의 푸른 눈을.

만일 당신이 바라신다면
난 당신께 드리겠어요.
따사로운 햇살 비추는 곳에서
눈 뜨는 아침 들려오는
모든 소리와
근처 분수 속에서 치솟아 흐르는
감미로운 물소리들을.

그리고 이윽고 찾아들 석양을
나의 쓸쓸한 마음의 눈물인
저 석양을.

또한 조그마한 나의 손
그리고
당신의 마음 가까이
놔두지 않으면 안 될
나의 마음을.

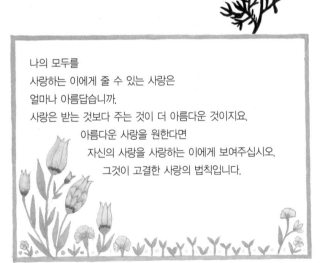

나의 모두를
사랑하는 이에게 줄 수 있는 사랑은
얼마나 아름답습니까.
사랑은 받는 것보다 주는 것이 더 아름다운 것이지요.
아름다운 사랑을 원한다면
자신의 사랑을 사랑하는 이에게 보여주십시오.
그것이 고결한 사랑의 법칙입니다.

사랑은 조용히 오는 것

- G. 밴더빌트

사랑은 조용히 오는 것
외로운 여름과
거짓 꽃이 시들고도
기나긴 세월이 흐를 때

사랑은 천천히 오는 것
얼어붙은 물속으로 파고드는
밤하늘의 총총한 별처럼
지그시 송이송이
내려앉는 눈과도 같이
조용히 천천히
땅 속에 뿌리박은 밀,
사랑의 열은

더디고 조용한 것
내려왔다가 치솟는 눈처럼
사랑은 살며시 뿌리로 스며드는 것
조용히 씨앗은
싹을 튼다.
달이 커지듯 천천히.

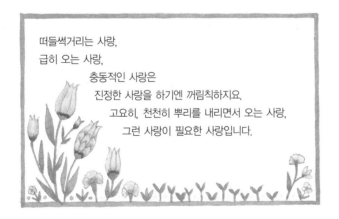

떠들썩거리는 사랑,
급히 오는 사랑,
　　　충동적인 사랑은
　　　　진정한 사랑을 하기엔 꺼림칙하지요.
　　　　　고요히, 천천히 뿌리를 내리면서 오는 사랑,
　　　　　그런 사랑이 필요한 사랑입니다.

나의 정원

− 클라우디아 애드리에나 그랜디

그대를 늘 생각할 수 있는
단 한 송이 꽃만 있으면
나는 영원히
나의 정원을 가꿀 수 있을 것입니다

사랑하는 사람만 사랑하십시오.
나의 정원에 사랑하는 이의 꽃만
　　　심겠습니다, 라고 말 할 수 있는 당신
　　　그런 당신이
　　　　　　진정 아름다운 사람입니다.

5

우리 사랑에는 끝이 없습니다

그대를 처음 보았을 때

- 칼릴 지브란

나는 아주 특별한 방식으로
그대에게 이끌렸습니다.
그대를 처음 보았을 때 나는
그대가 이런저런 얘기를 하던 것이,
나에 관한 이야기이고
그리고 나 자신에 대해 얘기하도록 만들었던
그 방식이 마음에 들었답니다.
그대는 내게 여러 가지를 물었고
가끔씩 그 질문들은 나를 당황스럽게 하였지만
나는 그 당황스러움마저도 좋았습니다.
그 까닭은 그대의 훌륭한 정신과
모든 것을 말해 주는 그 자상한 이해심 때문이었습니다.
나는 많은 사람들을 알고 있었습니다만
그대를 가장 좋아하였답니다.

사람을 사로잡는 방법은 생각하기에 따라 여러 가지가 있을 겁니다. 가령 외모가 뛰어나다거나 말재주가 좋다거나 노래를 잘한다거나 글을 잘 쓴다거나 그림을 잘 그린다거나 남의 관심을 끌 수 있는 외적인 조건들이 있습니다. 그러나 상대방을 편안하게 해주는 부드럽고 따뜻한 이해심이 가장 좋은 방법이 아닐까 합니다.

이런 이해심이 있는 한 그 어떤 슬픔과 고통도, 잘못도, 실수도 극복하게 되고 너그럽게 용서가 될 테니까요.

우리 사랑에는 끝이 없습니다

– 로런드 R. 호스킨스 주니어

지금까지 나는 그대를 너무도 사랑했습니다.
그래도 내일 아침이 밝으면
그대 향한 내 사랑은 계속 자랄 것입니다.
더욱 찬란하게, 더욱 강하게, 더욱 깊게,
그리고 전보다 더욱 온화하면서도 아름답게
여전히 새날은 올 것이며 같은 기적은 계속 일어날
  것입니다.
우리 사랑에는 끝이 없음을 믿고 있답니다.

서로가
모자라기에 그리운 것이
서로가 갈망하기에
안타까운 것이

주어도 주어도
받아도
받아도
언제나
목마른 아픔

김옥림의 시 「사랑 · 2」 전문

사랑은 그 깊이를 모르는 바다 같기도 하고, 금방 다가왔다
가는 사라지는 안개 같기도 하고, 안 보면 조바심이
나서 견딜 수 없도록 만드는 신비스러운 샘물과
같습니다. 그리고 늘 목이 마르는 아픔을 주기
도 하지요.
그것이 사랑의 속성이랍니다.

다시 태어나도 그대를 사랑하겠습니다

- J. 포스터

다시 태어나도
그대를 사랑하고 싶은 것은
한 번이라도 나를 위해 울어 준 사람이
바로 그대였기 때문입니다.
그대는 한 번도
그대 자신을 위해 울어 본 적이 없는
그렇게도 강인한 사람이었지만
이렇게 연약한 나를 위하여
눈물을 보여 주었습니다.

다시 태어나도
그대를 사랑하고 싶은 것은
이제 내가 그대를 위해
울어 줄 차례이기 때문입니다.

다시 태어나도 그대를 사랑하겠습니다.
이 보다 더 큰 인생의 찬사가 어디 또 있을까요.
누구나 듣기 원하는 말이 아닐까요.
당신의 사랑에게 오늘밤 넌지시 물어 보세요.
그 다음은 더 이상 말하지 않겠습니다.

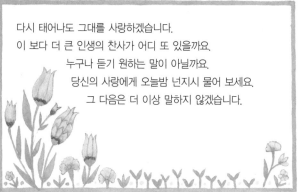

우리는 서로의 그림자예요

– 캔 루이스

그대가 나를 행복하게 해주고 싶을 때에는
그대를 행복하게 하는 것이 무엇인지,
그대가 필요로 하는 것이 무엇인지만을 생각하세요.
왜냐하면 그대는 나의 그림자이고
나는 그대의 그림자이기 때문이에요.
우리 두 사람처럼 사랑하고
절대적인 믿음을 함께 나눌 때
그 곳엔 오직 끝없는 행복만이 존재할 거예요.

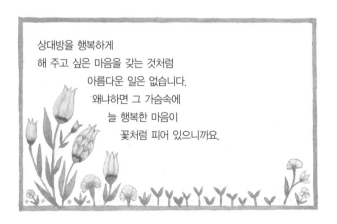

상대방을 행복하게
해 주고 싶은 마음을 갖는 것처럼
아름다운 일은 없습니다.
왜냐하면 그 가슴속에
늘 행복한 마음이
꽃처럼 피어 있으니까요.

언제나 당신과 함께이고 싶습니다

– 달리 파톤

나는 당신을 사랑하고 있고
언제나 당신과 함께 있고 싶습니다.
인생의 모든 즐거움과 마음의 고통을
당신과 함께 나누며……

어떤 계획도 함께 설계하고
각자의 꿈도 함께 나누어요.
당신을 도우며 위로하고 싶고
사랑하고 싶습니다.
나는 언제나 당신과 함께이고 싶습니다.

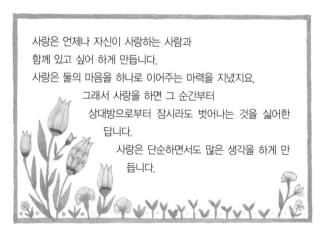

사랑은 언제나 자신이 사랑하는 사람과
함께 있고 싶어 하게 만듭니다.
사랑은 둘의 마음을 하나로 이어주는 마력을 지녔지요.
　　　그래서 사랑을 하면 그 순간부터
　　　상대방으로부터 잠시라도 벗어나는 것을 싫어한
　　　답니다.
　　　　사랑은 단순하면서도 많은 생각을 하게 만
　　　듭니다.

당신은 나의 것

- S. P 슈츠

사랑 속에서
당신은 나의 것입니다.
사랑 속에서
나는 당신의 것입니다.
생각 속에서
나는 나
당신은 당신입니다.
그러나 우리 사랑으로 함께할 때
당신은 나의 것이며
나는 당신의 것입니다.

당신은 나의 것
나는 당신의 것
    아, 당신은 영원한 나의 것
   아, 나는 영원히 당신의 것
      이런 사랑은
        그가 누구든 꿈꾸는 사랑입니다

시간이 흐를수록

- 제임스 헤크먼

시간이 흐를수록
나는 더욱더
그대 없는 삶의
황량함을 느끼게 됩니다.

시간이 흐를수록
나는 더욱더
그대 없는 삶이란
불가능함을 깨닫게 됩니다.

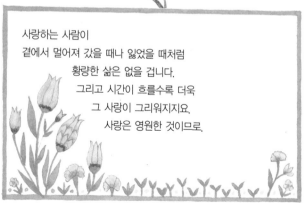

사랑하는 사람이
곁에서 멀어져 갔을 때나 잃었을 때처럼
황량한 삶은 없을 겁니다.
그리고 시간이 흐를수록 더욱
그 사랑이 그리워지지요.
사랑은 영원한 것이므로.

149

내 마음 속의 그대

– 다나 M. 블리스톤

나는 매일 그대가 그립습니다.
그대를 사랑하며, 그대를 생각합니다.
날마다
매 시간마다
그리고 매 순간마다,
그대는 저 멀리 떨어져있지만
내 마음 속에 아주 가까이 있고
내 기억 속에서는 내 곁에 앉아 있답니다.
서로 멀리 떨어져 있어 손을 잡아 볼 수는 없지만
그대의 마음은 그 어느 때보다도 더 가까이 있답니다.
우리 사이의 거리는 그대를 향한 내 사랑을
더욱더 굳게 할 따름입니다.

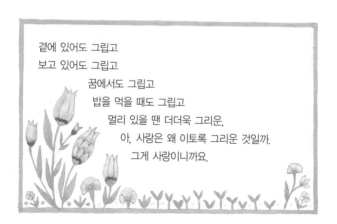

곁에 있어도 그립고
보고 있어도 그립고
　　꿈에서도 그립고
　　밥을 먹을 때도 그립고
　　　멀리 있을 땐 더더욱 그리운,
　　　　아, 사랑은 왜 이토록 그리운 것일까.
　　　　그게 사랑이니까요.

사랑의 인사

– 다니엘 호이안

내가
"당신을 사랑해요"라는 말을 하지 못한 채
하루를 그냥 지나칠지라도
아주 잠깐 동안만이라도
그대가 내 마음을 모른 채 흘러가지 않기를……

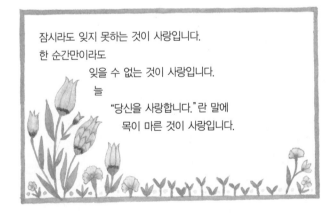

잠시라도 잊지 못하는 것이 사랑입니다.
한 순간만이라도
　　　잊을 수 없는 것이 사랑입니다.
　　늘
　　　　"당신을 사랑합니다."란 말에
　　　　목이 마른 것이 사랑입니다.

그대는 한 송이 꽃과 같이

― H. 하이네

그대는 한 송이 꽃과 같이
그리도 예쁘고
귀엽고 깨끗합니다.
그대를 보고 있으면
서러움은
나의 가슴 속까지 스며든답니다.

하나님이 그대를
언제나 이대로
맑고 귀엽도록
지켜주시길
그대의 머리 위에 두 손을 얹고
나는 빌고만
싶어진답니다.

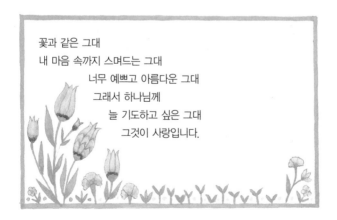

꽃과 같은 그대
내 마음 속까지 스며드는 그대
너무 예쁘고 아름다운 그대
그래서 하나님께
늘 기도하고 싶은 그대
그것이 사랑입니다.

사랑의 집

- 스웨인

벽만 둘려져 있으면 집인가.
거기 그림들이 걸려 있더라도
사랑이 없으면 그뿐
성상과 난로가 있어야지.
우리 머리 위를 나는
비둘기들을 보라.
집은 사랑하는 곳
집은 우리를 사랑하는 곳이라네.

지붕과 방만 있으면 집인가.
그리운 보금자리여야지.
우리들 가슴을 피게 하고
입술을 따뜻하게 하는 것이 있어야지.
만나고 맞아주고
반겨주지 않는 것이 무슨 집인가.
집은 우리들이 정답게 모여
그리고 사랑하는 곳이라네.

아무리 금은보화로 가득한 집이라 할지라도,
아무리 값비싼 이태리 대리석으로 지은 집일지라도
사랑이 없으면 무슨 소용이 있을까요.
사랑이 강물로 흐르는 〈사랑의 집〉,
그 집에서 영원히 살고 싶습니다.

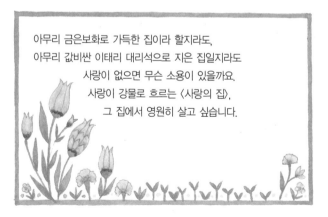

내 사랑의 불꽃

– H. 하이네

내 너를 사랑하였네라, 그리고
사랑하노라. 지금 이 순간도
이 세상이 무너져 내린다 해도
무너져 조각조각 깨어진 그 조각에서도
정녕코 타 오르리라. 내 사랑의 불꽃은

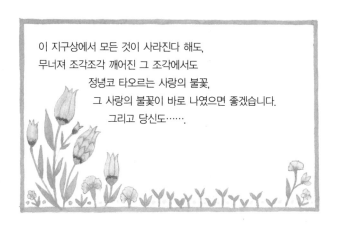

이 지구상에서 모든 것이 사라진다 해도,
무너져 조각조각 깨어진 그 조각에서도
정녕코 타오르는 사랑의 불꽃,
그 사랑의 불꽃이 바로 나였으면 좋겠습니다.
그리고 당신도…….

영원한 봄날

- B. 부스

내 사랑하는 여인의 매력은
달콤하고 장미꽃보다 더 향기롭습니다.
산비둘기 솜털처럼 보드랍고
남풍처럼 온화하지요.
메마른 산과 목마른 들판을 적시는
빗줄기처럼 시원하답니다.

겨울이 봄에게 자리를 내주고
여름이 성큼 다가서는 가을 앞에 달아나듯이
내 사랑스런 여인의 얼굴도
계절과 세월 따라 변해 갈 것입니다.
하지만 사랑은 철 따라 변함이 없고
오직 영원불멸의 봄날만 빛날 뿐입니다.

영원한 봄날 같은
사랑이었으면 좋겠네.

영원한 봄날 같은
그대 사랑 있었으면
정말 좋겠네.

나 그 영원한 봄날 속에
그대만의
꽃이었으면 정말 좋겠네.

그래서
늘 향기로운 봄날 속에서
사랑을 노래하며
영원속의 사랑으로 남았으면
　　　　정말 좋겠네.

　　　　　　김옥림의 시 「영원한 봄날 그대와 함께」

아, 이런 사랑을 할 수 있다면
　그 사람은 정말 행복한 사람입니다.
　　당신이 그 사랑의
　　　주인공이길 바랍니다.

6
그대 향한 내 마음은 사랑입니다

당신 곁에

- S. P 슈츠

나는 항상
당신의 이해 곁에 있습니다.
나는 항상
당신의 기쁨과 슬픔
대화와 미래에 대한 계획 속에 있습니다.
만약 우리가 함께 있지 못한다 할지라도
나는 항상 이곳에
당신과의 사랑 속에
함께 있다는 것을
기억해 주십시오.

사랑하는 사람,
그 사람의 이해 곁에 있는 사랑은
얼마나 행복할까요.
그 사랑 속에서 함께 하는 사람은
그 또한 얼마나 행복할까요.
아, 그리운 사랑.
천 년 만 년
지지 않을 꿈같은 사랑.

그대 향한 내 마음은 사랑입니다

- M. 크라우디우스

사랑을
막을 수 있는 것은
아무 것도 없습니다.
사랑은
시작도 없고
끝도 없기 때문입니다.

사랑은
그 어떤 것이라도 상관하지 않고
그 어느 곳이라도 상관하지 않고
오직 그대를 향해서만 나아갑니다.

사랑은
오래 전부터 끊임없이
자신의 날개를 펼치며
날아가고 있는 것입니다.

그대를 향해
나아가는 나의 마음을
사랑이라 부릅니다.

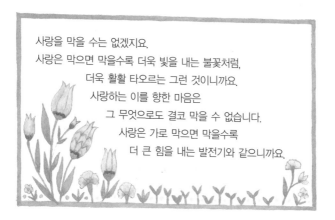

사랑을 막을 수는 없겠지요.
사랑은 막으면 막을수록 더욱 빛을 내는 불꽃처럼,
더욱 활활 타오르는 그런 것이니까요.
사랑하는 이를 향한 마음은
그 무엇으로도 결코 막을 수 없습니다.
사랑은 가로 막으면 막을수록
더 큰 힘을 내는 발전기와 같으니까요.

굳은 언약

– W.B. 예이츠

그대 굳은 언약을 지키지 않았기에
다른 이들을 내 친구로 사귀었습니다.
그래도 내가 죽음에 직면할 때나,
잠의 꼭대기로 기어오를 때
혹은 술에 취했을 때는 그 언제나 문득 그대의 얼굴
　을 마주 대합니다.

약속!

약속은 중요합니다.

특히, 사랑하는 사람과의 약속은

그 어떤 일이 있어도 지켜야 하지요.

약속은 믿음과 신뢰를 주기때문입니다.

신뢰가 깨지고 믿음이 깨지면

그 사랑도 깨지고 맙니다.

그러기에 지키지 못할 약속은 하지마세요.

약속을 하면 반드시 지키기 바랍니다.

사랑하는 이가 실망하지 않도록

당신의 믿음을 보여주세요.

믿음이 있는 사랑,

그 사랑이 진정 아름다운 사랑이랍니다.

그대가 있다는 이유만으로도

− T. 제프란

그대가 이 세상에 있다는 이유만으로도
내 눈에 비친 세상은
더 없이 눈부십니다.

그대와 함께
이 세상에서 살아가는 나는
살아있다는 것만으로도 행복에 겨워
눈물을 흘립니다.

세상이 무너져 버린다 해도
그대가 있다는 이유만으로 나는
더 없이 행복할 것입니다.
그대는 이 세상에 존재하는
또 다른 나의 세상,
그대의 마음속은
내가 다시 태어나고 싶은 세계입니다.

그대가 존재한다는 이유는
내가 살아가야 할 이유입니다.
그대와 함께 이 세상을 살아간다는 이유는
영원히 내가 그대를 사랑해야할 이유입니다.

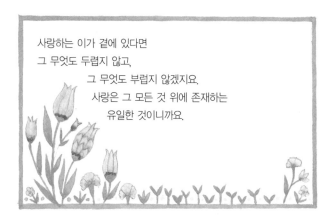

사랑하는 이가 곁에 있다면
그 무엇도 두렵지 않고,
그 무엇도 부럽지 않겠지요.
사랑은 그 모든 것 위에 존재하는
유일한 것이니까요.

그대를 잊는다는 건

- W. 웨인

애써 떠올리려 하지는 않겠습니다.
어쩌다 생각나면 그때 그리워하겠습니다.
때때로 눈물을 흘릴 때도 있을 겁니다.
그 눈물 애써 감추려 하지 않겠습니다.
기억 속에서 그대를 까맣게 잊는다는 건
그대와 헤어진 것보다 더 아픈 일이니까요.

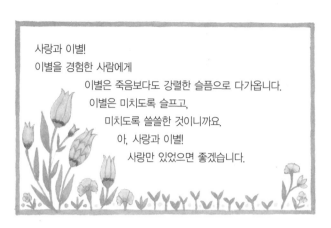

사랑과 이별!
이별을 경험한 사람에게
　　　이별은 죽음보다도 강렬한 슬픔으로 다가옵니다.
　　　이별은 미치도록 슬프고,
　　　　미치도록 쓸쓸한 것이니까요.
　　　　아, 사랑과 이별!
　　　　　사랑만 있었으면 좋겠습니다.

슬픔이 찾아오면

– E. 케스트너

슬픔이 그대를 찾아오면 소리 내어 우십시오.
슬픈 마음을 억지로 참지 마십시오.
하염없이 눈물 흘리며
슬퍼하더라도
죽는 일은 없을 테니까요.

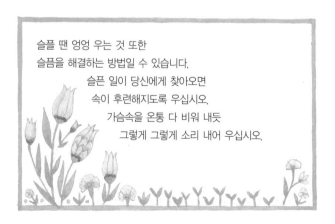

슬플 땐 엉엉 우는 것 또한
슬픔을 해결하는 방법일 수 있습니다.
슬픈 일이 당신에게 찾아오면
속이 후련해지도록 우십시오.
가슴속을 온통 다 비워 내듯
그렇게 그렇게 소리 내어 우십시오.

사랑하는 그대에게

– E. 뫼리케

그대를 그저 가만히
바라보노라면
그대의 아름다움에 취해 있노라면
나는 느낄 수가 있습니다.
그대의 마음속에
천사가 숨 쉬고 있다는 것을.

그러면 나는
그저 사랑의 위대한 의문에 휩싸인 채
행복에 겨운 미소를 가득 머금은 채
꿈을 꾸고 있는 것 같은
환상에 빠져듭니다.

사랑에 빠진 내가
하늘을 향해 눈길을 보내면
온갖 별들은 미소를 지어 보이고
나는 조용히
그 별빛을 바라보며
무릎을 꿇을 뿐입니다.

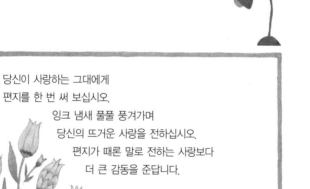

당신이 사랑하는 그대에게
편지를 한 번 써 보십시오.
잉크 냄새 풀풀 풍겨가며
당신의 뜨거운 사랑을 전하십시오.
편지가 때론 말로 전하는 사랑보다
더 큰 감동을 준답니다.

사랑으로 하나 되는 길

- J. 포스

사랑하는 사람이여
그대와 내가
사랑으로 하나 되는 길은
영원히 함께
하나의 꿈을 간직해 가는 것입니다.

그대는 나를 꿈꾸고
나는 그대를 꿈꾸어
오직 서로의 인생을 꿈꿀 수 있다면
그 순간부터 우리가 걷는 이 길은
사랑으로 하나 된 길일 것입니다.

같은 꿈을 갖고
함께 가는 사랑처럼
　　　완벽한 사랑이 어디 또 있을까요.
　　　꿈도 하나 마음도 하나
　　　　사랑으로 하나 되는 최선의 방책!
　　　　　그런 사랑을 한 번 찾아보세요.

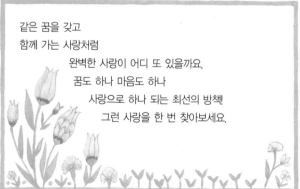

진정으로 사랑한다는 것은

- M. 쉴러

진정
사랑한다는 것은
이별을
눈물로써 대신하는 것이
절대로 아닙니다.
곁에 있던 사람이
먼 길을 떠나는 순간,
사랑의 가능성이
모두 사라져 간다 할지라도
그대 가슴속에 남겨진 그 사랑을 간직하면서
사랑하는 마음을 버리지 않는 것이
진정으로
사랑한다는 것입니다.

진정으로 사랑한다는 것처럼
아름다운 생각은 없습니다.
　그 생각 속엔 눈물도 기쁨으로 대신하고
　이별도 사랑으로 생각할 테니까요.
　　그래서 이별 후에도 사랑하는
　　마음을 버리지 못하는 것이랍니다.

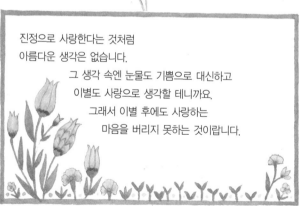

나는 알고 있습니다

- D. 스틸

그대가 나를
이렇게 만들었습니다.
오늘도
나를 살아가게 만드는
힘들은 모두
그대가 만들어 놓았습니다.

내 모든 것이
그대로 인하여
변했다는 것을
나는 알고 있습니다.

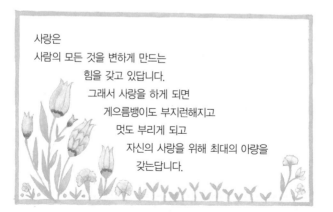

사랑은
사람의 모든 것을 변하게 만드는
힘을 갖고 있답니다.
그래서 사랑을 하게 되면
게으름뱅이도 부지런해지고
멋도 부리게 되고
자신의 사랑을 위해 최대의 아량을
갖는답니다.

사랑은 그대와 함께 하는 여행입니다

– W. 코웰

그대와 함께 여행을 떠나고 싶습니다.
초록 짙은 숲속 외길을 따라 걸으며
혼자되지 않은 나와
곁에 있는 그대만을 느껴보고 싶습니다.

굽이도는 강가나 계곡에서 쉬어가며
드넓은 마음 풀어헤칠 바다로 가서
손짓하는 뭉게구름에 인사도 하고
온갖 꽃들로 마음에 비단을 놓아
그 위에서 뛰어 놀며 추억을 만들고 싶습니다.

그대와의 사랑은
반드시 한 번은 가야 하는 여행과도 같은 것
그대는 내 마음에 시를 심고
나는 그대를 꽃피우는 시인이 됩니다.

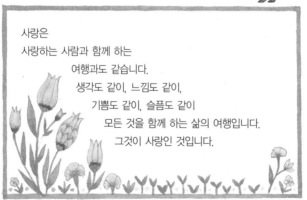

사랑은
사랑하는 사람과 함께 하는
여행과도 같습니다.
생각도 같이, 느낌도 같이,
기쁨도 같이, 슬픔도 같이
모든 것을 함께 하는 삶의 여행입니다.
그것이 사랑인 것입니다.

사랑은

– D. 리다

사랑은
누군가를 향해 나를 버림으로써
보이지 않던 나를 발견하는 것이다.

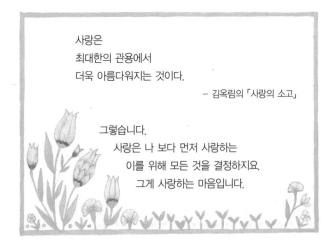

사랑은
최대한의 관용에서
더욱 아름다워지는 것이다.

– 김옥림의 「사랑의 소고」

그렇습니다.
사랑은 나 보다 먼저 사랑하는
이를 위해 모든 것을 결정하지요.
그게 사랑하는 마음입니다.

산 책

- A. 랭보

푸르른 여름 밤
보리잎새 향기에 취해 풀잎 따 입에 물고
오솔길로 들어섭니다.
마음은 꿈을 꾸고 걸음은 가벼워
시원한 바람에 흩날리는 머리카락,
말없이 생각도 없이
나의 끝없는 사랑은
영혼의 바다에서 파도를 칩니다.
쉴 곳 없는 나그네처럼,
멀리, 저 먼 곳으로 가렵니다.
사랑하는 이와 함께 즐거운 마음으로
자연과 더불어 나아가렵니다.

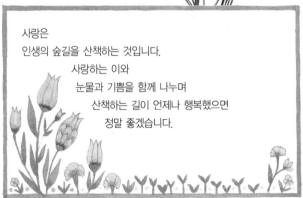

사랑은
인생의 숲길을 산책하는 것입니다.
사랑하는 이와
눈물과 기쁨을 함께 나누며
산책하는 길이 언제나 행복했으면
정말 좋겠습니다.

7

그대는 특별한 사람입니다

현명한 사람

- R. 로시푸코

행복과 불행은
크기가
미리부터 정해져 있는 것은 아닙니다.
다만 그것을 받아들이는
사람의 마음에 따라서
작은 것도 커지고
큰 것도 작아질 수 있는 것입니다.
가장 현명한 사람은
큰 불행도 작게 처리해 버립니다.
어리석은 사람은
조그만 불행을
현미경으로 확대해서
스스로 큰 고민에 빠진답니다.

현명한 사람은 큰 불행도 작게 처리하지만
어리석은 사람은 조그만 불행도
현미경으로 확대해서 스스로 큰 고민에 빠진다는
로시푸코의 지적은 매우 긍정적인 말입니다.
그렇습니다.

현명한 사람은 큰마음을 가졌습니다.
그래서 현명한 사람과 함께하면
지혜로운 눈을 가질 수 있게 됩니다.
현명한 사람은 지혜로운 사람이니까요.

사랑했다고 말하지 않아도

– N. 레베카

사랑했다고 말하지 않아도
그대가 얼마나 나를 사랑했었는지
나는 알고 있습니다.

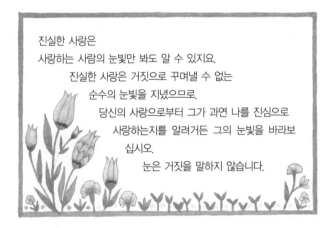

진실한 사랑은
사랑하는 사람의 눈빛만 봐도 알 수 있지요.
진실한 사랑은 거짓으로 꾸며낼 수 없는
순수의 눈빛을 지녔으므로.
당신의 사랑으로부터 그가 과연 나를 진심으로
사랑하는지를 알려거든 그의 눈빛을 바라보
십시오.
눈은 거짓을 말하지 않습니다.

동화

— G. 벤더빌트

예전에 어느 소녀는
날마다 날마다
내일은 오늘과 다르기를
바라면서 살았답니다.

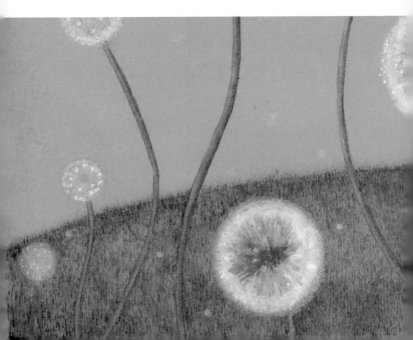

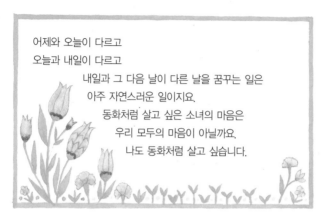

어제와 오늘이 다르고
오늘과 내일이 다르고
　　내일과 그 다음 날이 다른 날을 꿈꾸는 일은
아주 자연스러운 일이지요.
　　동화처럼 살고 싶은 소녀의 마음은
　　우리 모두의 마음이 아닐까요.
　　나도 동화처럼 살고 싶습니다.

오늘

– 토마스 칼라일

자, 여기 오늘도 또 한 번
푸른 날이 밝았다.
생각하라 네 어찌 이 날을
헛되이 보내려 하느냐.

영원으로부터
이 새 날은 비롯되어
영원 속으로
밤이 되면 돌아가거늘

일찍이 이 날을
미리 본 눈이 없었고
어느새 영원히
모든 눈으로부터 사라진다.

이제 여기 또 다시
푸른 날이 밝았다
생각하라, 네 어찌 이 날을
헛되이 보내려 하느냐.

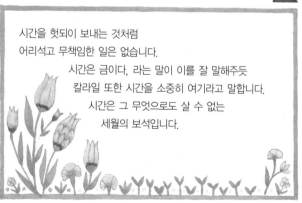

시간을 헛되이 보내는 것처럼
어리석고 무책임한 일은 없습니다.
시간은 금이다, 라는 말이 이를 잘 말해주듯
칼라일 또한 시간을 소중히 여기라고 말합니다.
시간은 그 무엇으로도 살 수 없는
세월의 보석입니다.

내 가슴은 뛴다

- W. 워즈워드

하늘에 무지개를 바라볼 때마다
내 가슴은 뛴다.
어릴 때도 그러했지만
어른이 된 지금도 그렇다.
마침내 내 늙었을 때도 그러하리라.
그렇지 못하면 차라리 죽는 게 낫다.
어린이는 어른의 아버지
바라건 데 다가오는 하루하루가
자연의 경건함으로 이어지기를.

무지개를 바라볼 때마다
가슴이 뛴다고 워즈워드는 말합니다.
당신은 어떠한지요.
나 또한 비 개인 오후
하늘에 뜬 무지개를 바라보면
　　　　어린아이처럼 마음이 들뜬답니다.
　　　　　마음이 들뜬다는 것은 마음 한 구석에
　　　　　　순수의 동심童心이 아직은 남아 있는 까닭입
　　　　　　니다.
　　　　　　　언제까지나 동심을 갖고 살고 싶습니다.

나무

– 엘프레드 J. 킬머

나무처럼 아름다운 시를
정녕 볼 수 없으리.

대지의 감미로운 젖이 흐르는 가슴에
주린 입술을 대고 서 있는 나무.

온종일 하나님을 우러러보며
잎이 우거진 팔을 들어 기도하는 나무.

여름이면 머리칼 속에
울새의 보금자리를 지니는 나무.

그 가슴 위로는 눈이 내리고
비와 정답게 사는 나무.

시는 나처럼 어리석은 자가 짓지만
나무는 오직 하나님이 만드신다.

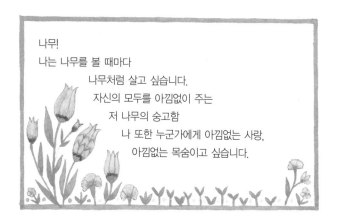

나무!
나는 나무를 볼 때마다
나무처럼 살고 싶습니다.
자신의 모두를 아낌없이 주는
저 나무의 숭고함
나 또한 누군가에게 아낌없는 사랑,
아낌없는 목숨이고 싶습니다.

스스로에게 물어 보았어요

- 진 테레스

나는 나 자신에게 물어 보았어요.
이렇게도 이해심이 많고
애정이 깊은 사람을 만나
축복받는 이유가 뭘까……
그것은 아마도 내가 진심으로 당신에게
감사할 수 있기 때문일 거예요.
그것이 아니라면
얼마나 내가 당신을 필요로 했던가를
신이 알고 있었기 때문일 거예요.

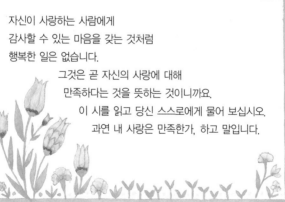

자신이 사랑하는 사람에게
감사할 수 있는 마음을 갖는 것처럼
행복한 일은 없습니다.
　　그것은 곧 자신의 사랑에 대해
　　만족한다는 것을 뜻하는 것이니까요.
　　　　이 시를 읽고 당신 스스로에게 물어 보십시오.
　　　　과연 내 사랑은 만족한가, 하고 말입니다.

우리가 함께 찾아낸 사랑

– 카렌 메디츠

우리는 함께
우리들 자신 속에서 평화를 발견했어요.
행복과 즐거움,
흥분과 희망과 신뢰까지도
우리는 또한
이제까지 말로써 표현할 수 있었던 것보다
더욱 아름다운 그 무엇인가를 발견했어요.
우리가 함께 찾아낸 것은 바로
사랑이에요.

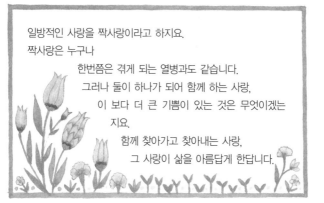

일방적인 사랑을 짝사랑이라고 하지요.
짝사랑은 누구나
　　　한번쯤은 겪게 되는 열병과도 같습니다.
　　　　그러나 둘이 하나가 되어 함께 하는 사랑,
　　　　　이 보 다 더 큰 기쁨이 있는 것은 무엇이겠는
　　　　지요.
　　　　　　함께 찾아가고 찾아내는 사랑,
　　　　　　　그 사랑이 삶을 아름답게 한답니다.

그대가 있어 외롭지 않습니다

- 다이안 웨스트레이크

낮이나 밤이나
나는 당신의 존재를 느껴요.
당신은 비록 손을 뻗어 닿을 수 있을 만큼
가까이에 없지만,
내 마음속에 있는 사랑스런 그대는
언제나 내가 당신을 필요로 할 때마다
아무 말도 하지 않고 나에게 다가옵니다.
그대가 있기에 나는
외롭지 않습니다.

사랑하는 사람이 있어
외롭지 않고
　　사랑하는 사람이 있어
　　늘 행복한 사람
　　　그 사람은
　　　　정말 행복한 사람입니다.

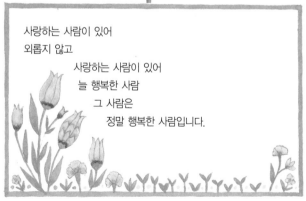

우리 사랑은

– 홀리 소베이

우리 사랑은
우리 사이의 거리에도 불구하고 계속될 거예요.
아무리 먼 곳에 있다 하더라도
서로를 향한 우리의 감정은 달라지지 않을 거예요.
우리의 사랑은 진실하므로.

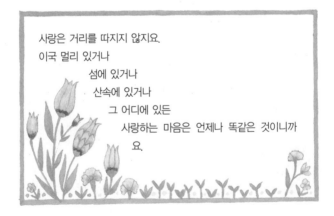

사랑은 거리를 따지지 않지요.
이국 멀리 있거나
섬에 있거나
산속에 있거나
그 어디에 있든
사랑하는 마음은 언제나 똑같은 것이니까
요.

그대는 특별한 사람입니다

– 루이즈 브렛포드 로웰

고향을 생각하고
지나간 일을 떠올리며
내일을 생각할 때면
나는 그대에게
가까이 다가가게 되는 것 같습니다.
당신은 내 삶에 영원한 기쁨을 주는
아주 특별한 사람이니까요.

특별한 사람,
나는 내 사랑에게 특별한 사람으로
영원히 아주 영원히
기억되고 싶습니다.
사람은 누구나 자신의 사랑에게
특별한 사람이기를 소망하니까요.

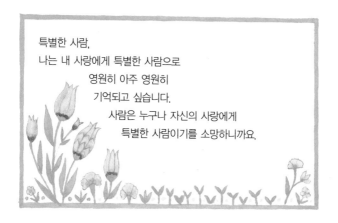

내 인생에서 그대는

– 나폴레옹

당신과 멀리 떨어져 있을 때
내겐 그 어떤 즐거움도 의미도 없습니다.
당신과 멀리 헤어져 있을 때
이 세상은
마음을 열고 상냥함을 내보일 수도 없이
나 홀로 외롭게 살고 있는 듯합니다.
당신은 나의 영혼 이상의 것을 가져갔습니다.
내 인생에서 그대는 하나의 사상입니다.

그대가 한시라도
내 마음에서 멀어지는 날은
잠시 잠깐 동안이라도
아무것도 할 수 없습니다.

김옥림의 시 「한시라도」전문

사랑하는 이와 멀리 떨어져 있게 되면
그리운 마음에 늘 목이 메이게 되고,
　　즐거운 일도 즐겁지 않고,
　　　　맛있는 것도 맛있는 줄 모르죠.
　　　사랑은
　　　　사랑하는 이가 곁에서 함께 할 때
　　　　　빛을 더 밝게 하는 힘을
　　　　　　지녔기 때문입니다.

215

_8_

내 마음과 영혼을 그대에게

그대를 위한 기도

– 매튜드

신께서
당신을 보호하고 은혜를 베푸시기를,
당신에게 힘과 용기를 주시기를.
그리고 우리가 곧 다시 만나
더 이상 일부분이 아님을 인정할 수 있기를.
미래를 위하여 평화와 안정 속에
서로를 위로하여 영원히 살게 하시기를.

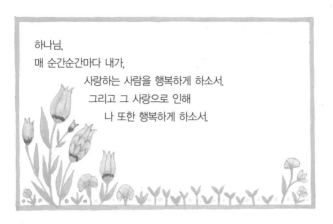

하나님,
매 순간순간마다 내가,
　　　　사랑하는 사람을 행복하게 하소서.
　　　　그리고 그 사랑으로 인해
　　　　　　나 또한 행복하게 하소서.

성냥개비 사랑

- J. 프레베르

조용히 어둠이 내리는데
성냥개비 세 알을
하나씩 하나씩
켜본다.

하나는
당신의 얼굴을 비추기 위해
다른 하나는
당신의 눈을 보기 위해
마지막 하나는
당신의 입술을……

그 뒤엔
어둠속에서
당신을 포옹하며
그 모든 것들을 생각한다.

성냥개비 세 알
하나는 사랑하는 이의 얼굴을 비추기 위해
다른 하나는
사랑하는 이의 눈을 보기 위해
그리고 마지막 하나는
사랑하는 이의 입술을 보기 위해
아, 참으로 소박하고 순수한 사랑입니다.

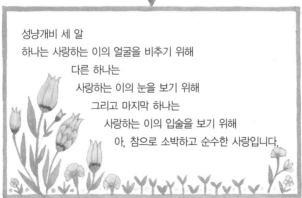

이런 사랑

– 버지니아 울프

세상에 둘 도 없는 친구나
이 세상 하나뿐인 다정한 엄마도
가끔 멀리하고 싶을 때가 있는데
당신은 아직 한 번도 싫은 적이 없습니다.
어떤 옷에도 잘 어울리는 벨트나
예쁜 색깔의 매니큐어까지도
몇 번 쓰고 나면 바꾸고 싶지만

당신에 대한 마음은 아직 한 번도
변한 적이 없습니다.
새로 산 드레스도
새로 나온 초콜릿도
며칠만 지나면 곧 싫증나는데
당신은 아직 한 번도
싫증난 적이 없습니다.
오래 숙성된 포도주나 그레이프 디저트도
매일 먹으면 물리는데
당신은 매일매일 같이 있고 싶습니다.

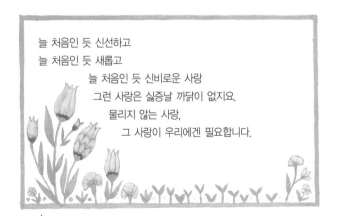

늘 처음인 듯 신선하고
늘 처음인 듯 새롭고
늘 처음인 듯 신비로운 사랑
그런 사랑은 싫증날 까닭이 없지요.
물리지 않는 사랑,
그 사랑이 우리에겐 필요합니다.

눈물을 갖기 원합니다

– 칼릴 지브란

    가끔 찬란한 슬픔 속에 묻혀
가슴을 저미는 고통에 몸부림칩니다.
    하지만 내 가슴의 슬픔을 기쁨과 바꾸지는 않겠
습니다.
    내 안의 구석구석에서 흐르는 슬픔이
웃음으로 바뀌지는 것이라면 나는
그런 슬픔으로는 눈물 또한 흘리지 않으렵니다.

    눈물은 가슴을 씻어주고
인생의 비밀과 감추어진 것들을 이해하게 해줍니
다.
    눈물은 부서진 가슴을 가진 사람들을
하나로 묶어주는 힘이 있습니다.
    나는 나의 삶이 눈물을 갖기 원합니다.

눈물이 사라지는 시대
눈물이 멀어지는 현실
눈물이 자취를 감추는 인간관계,
이것은 비극의 종말을 뜻합니다.
눈물은 때론 위안이 되고, 용기가 되고
　　　메마른 가슴을 하나로 이어주는
　　　　삶의 촉매가 되어주지요.
　　　　　나는 눈물을 사랑하고 눈물이 마르는 것을
　　　　두려워합니다.
　　　　　　내게 있어 눈물은 사랑이며 철학입니다.

그대는 나의 일부

– 릭 노먼

그대는 나의 일부
내가 살아가는 데 꼭 필요한 부분

내가 바라고 소망하는 것은 단 하나
그대 없이 살아가지 않게 해 달라는 것

당신을
사랑합니다.

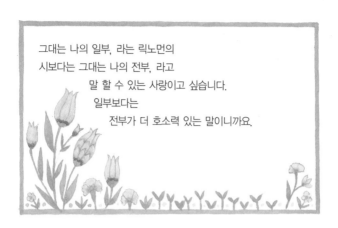

그대는 나의 일부, 라는 릭노먼의
시보다는 그대는 나의 전부, 라고
　　　　말 할 수 있는 사랑이고 싶습니다.
　　　　일부보다는
　　　　　　전부가 더 호소력 있는 말이니까요.

내 마음과 영혼을 그대에게

– 리차드 W. 웨버

나의 인생과
내가 줄 수 있는 모든 행복을 그대에게 드립니다.

나의 일부와
내가 믿고 따르는 모든 신념을 그대에게 드립니다.

우리 두 사람 손을 맞잡고
함께 마음을 나누던 그 순간을 그대에게 드립니다.

그 날의 해질녘과
별빛이 빛나던 어둠이 깃든 그날 밤을 드립니다.

우리가 함께할 인생과
내가 줄 수 있는 모든 사랑을 그대에게 드립니다.

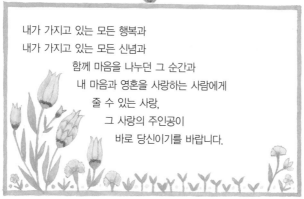

내가 가지고 있는 모든 행복과
내가 가지고 있는 모든 신념과
함께 마음을 나누던 그 순간과
내 마음과 영혼을 사랑하는 사람에게
줄 수 있는 사랑,
그 사랑의 주인공이
바로 당신이기를 바랍니다.

내 마음 속엔 오직 그대밖에 없습니다

– 레인 파슨즈

이미 "당신을 사랑해요" 라는 말을 하였고
또 그대가 내게 얼마나 큰 의미를 가지는지
말하려 하고 있지만 정말 그대는
나의 사랑이 얼마나 강렬하며, 얼마나 진실한지
또 내가 그대의 사랑에 얼마나 깊은 감명을 받았
는지를
알고 있을까 하는 생각이 듭니다.

그대는 너무나 다정하고 특별한 사람입니다.
그대는 나와 함께 얘기를 나누고, 내 얘기를 들어
주고
그대 손길의 따스함과 그대 가슴속의 소망을 함
께 나누며
내 자신을 '특별한' 사람처럼
느끼게 해 준답니다.
내가 받는 만큼 그대에게 되돌려 주고 싶습니다.

나 그대를 진정 사랑하기에
그대가 있어 알아주었으면 하고 바랍니다.

내가 미소를 짓고
내 가슴이 충만해지고
내 마음 속엔 오직 그대밖에 없을 때
내 기분이 얼마나 좋은 지를요.

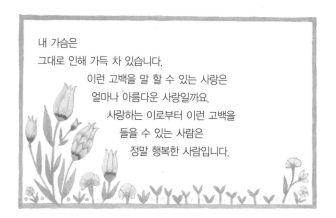

내 가슴은
그대로 인해 가득 차 있습니다.
이런 고백을 말 할 수 있는 사랑은
얼마나 아름다운 사랑일까요.
사랑하는 이로부터 이런 고백을
들을 수 있는 사람은
정말 행복한 사람입니다.

내가 만약

– 헤르만 헤세

내가 만약
사랑이 어떤 것인지를 알게 된다면
그것은
오직
그대 때문입니다.

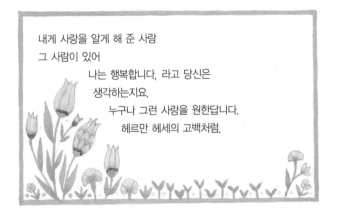

내게 사랑을 알게 해 준 사람
그 사람이 있어
　　나는 행복합니다, 라고 당신은
　　생각하는지요.
　　　누구나 그런 사랑을 원한답니다.
　　　헤르만 헤세의 고백처럼.

내가 가장 바라는 소망은

— 대니 얼 하그한

그대가 원하는 한
내 사랑을 차지할 수 있답니다.
그대의 행복을 위해
내가 할 수 있는 것이 있다면
기꺼이 그것을 하겠습니다.
그대를 행복하게 하는 것은
내 인생이 그렇게 하고자 원하는 것이기에

내가 가장 바라는 소망은
우리 함께하는 시간이
그대 인생에서 가장 기억될 만한 시간이 되었으면
하는 것이랍니다.
그리고 오늘 내가 그대에게 주는 사랑은
그대가 내게 기대할 수 있는 최소한의 것이랍니다.
새로운 하루가 시작될 때마다
그대에 대한 내 사랑도 점점 깊어질 겁니다.
그대와 사랑에 빠져 있는 모든 나날이
내 인생에서 가장 좋은 날이니까요.

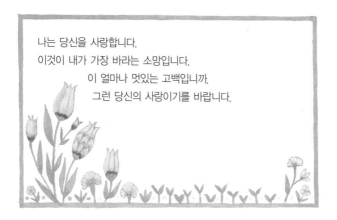

나는 당신을 사랑합니다.
이것이 내가 가장 바라는 소망입니다.
이 얼마나 멋있는 고백입니까.
그런 당신의 사랑이기를 바랍니다.

지금까지 보다도 더

- S. P 슈츠

지금까지 보다도 더
그대를 사랑하며

지금까지 보다도 더
그대를 찬미하며

지금까지 보다도 더
그대를 좋아하며

지금까지 보다도 더
그대를 존경하며

지금까지 보다도 더
그대를 영원토록 원합니다.

지금부터 영원토록
사랑하는 사람을
더욱 사랑하게 도와주소서.
그것이 내 인생의 목적이게 하소서.
이런 기도를 늘 하는 사람은
사랑을 받을 자격이 있습니다.
그런 당신이기를 바랍니다.

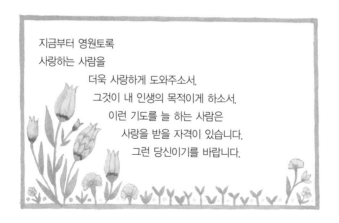

내 사랑을 바칩니다

– 리차드 W. 웨버

내 사랑을 바칩니다.
그대가 내 인생에 가져다 준
그 조화로움에
내 사랑을 바칩니다.

내가 필요로 하는 것을 이해해주고
그대가 내게 가져다 준 수많은 미소에
내 사랑을 바칩니다.

내 마음에 가져다 준 기쁨
나를 부드럽게 감싸 안는 그대 포옹에
내 사랑을 바칩니다.

그대가 내게 가져다 준
그 편안함과
우리가 함께한
그 숱한 소중한 시간들에
내 사랑을 바칩니다.

내게 친구가 되어 준 것에
또 우리의 사랑에 대한
그 아기자기한 그대의 속삭임에
내 사랑을 바칩니다.

내가 그대 인생의 일부가 되도록
허락해 준 그대에게
내 사랑을 바칩니다.

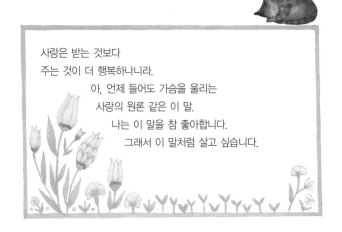

사랑은 받는 것보다
주는 것이 더 행복하나니라.
아, 언제 들어도 가슴을 울리는
사랑의 원론 같은 이 말.
나는 이 말을 참 좋아합니다.
그래서 이 말처럼 살고 싶습니다.

바로 나이게 하옵소서

– S. P 슈츠

그대와 함께 산길을 걷는 사람이
바로 나이게 하옵소서.

그대와 함께 꽃을 꺾는 사람이
바로 나이게 하옵소서.

그대의 속마음을 털어놓는 사람이
바로 나이게 하옵소서.

그대와 비밀스런 얘기를 나누는 사람이
바로 나이게 하옵소서.

슬픔에 젖은 그대와 의지하는 사람이
바로 나이게 하옵소서.

행복에 겨운 그대와 함께 미소 짓는 사람이
바로 나이게 하옵소서.

그대가 사랑하는 사람이
바로 나이게 하옵소서.

아침마다 당신과 함께
같은 상에서 밥을 먹는 사람이
바로 나이게 하소서.

푸른 하늘과 달과 별을
매일 함께 바라보는 사람이
바로 나이게 하소서.

그대의 기쁨과 슬픔을
함께 기뻐하고 슬퍼하는 사람이
바로 나이게 하소서.

그리고 그대 가슴 속에
영원히 지지 않을 사랑의 꽃이
바로 나이게 하소서.

시를 사랑하는 당신이여,
날마다 사랑이 그리운 시절입니다. 그 사랑을
찾아 당신 인생에 있어 늘, 행복하기를 바
랍니다.

사랑하라 오늘이 마지막인 것처럼

– 김옥림

사랑하라.
오늘이 그대 생애의 마지막인 것처럼
사랑하고 또 사랑하라.
그대의 그대가 그대를 잊지 못하도록
열정과 기쁨으로
죽도록 사랑하고 사랑하라.

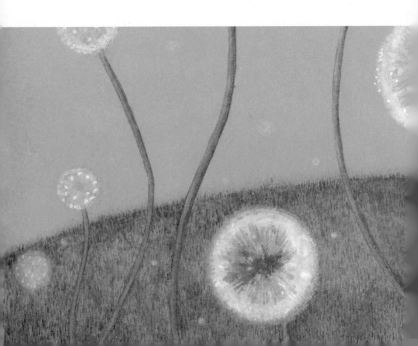

사랑하라.
미치도록 사랑하고 사랑하라.
사랑하다 하늘이 무너져 내려
내일 지구가 흔적 없이 사라져 버린다 해도
뜨거운 가슴으로 빛나는 눈동자로
가장 아름다운 사랑의 말을 속삭이며 그대가 사랑
하는 이에게
최선의 사랑으로 사랑하라.

사랑하라.
그대가 살아온 날 중
가장 행복한 마음으로
자신보다도 더 사랑하는 사람을 위해
그대의 맑은 혼을 담아
지금 이 순간에서 영원으로 영원히 이어지도록
목숨 바쳐 사랑하라.

사랑하라.
오늘이 그대의 마지막인 것처럼
사랑하고 또 사랑하라.
그대의 사랑이 그대를 아프게 하더라도
그것이 진심이 아니라면
호흡을 늦추고 마음을 가다듬어
그대의 사랑을 용서하고 사랑하라.

사랑하라.
사랑은 후회의 연속이라지만
후회하지 않는 그대의 사랑을 위해
오늘이 가기 전에
오늘이 마지막인 것처럼 사랑하라.